「こんなに愛しいのに、どうしてわかってくれない？」

「あ、だめ、あ、あ……」

声を噛み殺そうとするが、巧みに鋭敏なそこを刺激され、腰が淫らに揺れた。

「だめ、バーナード……私は、あなたのものですから……許して……」

「許さない——心までそっくり欲しいんだ」

おじさま侯爵の甘いチェリー

すずね凜

Vanilla文庫

おじさま侯爵の甘いチェリー

Contents

イラスト／鳩屋ユカリ

プロローグ

世紀末のロンドンは、産業革命が進み、未曾有《みぞう》の発展をした。

鉄道が急速に普及し、物流が容易になることで、大量消費社会へ変貌《へんぼう》を遂《と》げた。

文化も経済も絢爛《けんらん》に繁栄し、人々は最先進国の生活をほしいままにしていた。


「なんで、私ばっかり……」

八歳になるチェルシー・ミラーは、泣きべそでため息をついた。

ひとりで任された洗面室の掃除は、なかなか終わらなかった。

今日は月に一度、篤志家《とくしか》が訪問する日だ。

ロンドンの街外れにある孤児ばかりを集めたセントメリー養護院は、小さな教会が経営しているため、裕福な篤志家たちの寄付でどうにか存続している。

そのために、篤志家たちが訪問する日は、養護院をあげて歓迎するのだ。

普段は貧しい身なりの施設の子どもたちも、ぱりっと洗濯した服に着替え、ちょっとした芝居や歌など披露したり、自作の詩や絵などを贈って篤志家たちを喜ばすのだ。

チェルシーも、得意の絵を描いて贈ろうと思っていた。

だが、幼児部担当のシスターはなにかとチェルシーに冷たく、今日もわざと院の奥にある、誰も使わないような洗面室の掃除を言いつけたのだ。

それは自分の異国風の容姿にあると、幼いチェルシーも薄々自覚している。

チェルシーは、某侯爵が異国のメイドに手を付けて生ませた子で、その母が産褥《さんじょく》熱で死亡してしまい、某侯爵もその後に病死、侯爵一族の厄介《やっかい》もの扱《あつか》いで施設に送られてしまった。

癖のない艶《つや》やかな黒髪に、濡れた黒曜石《こくようせき》のような瞳、肌理《きめ》の細かい象牙色の肌は母親譲りだ。

エキゾチックな美しさに溢《あふ》れているが、一見して白人とは容姿が異なる。

施設に養子縁組を求めてきた人々は、敢《あ》えて毛色の変わったチェルシーを選んだりしない。一歳でこの養護院に来たのに、何年経っても養子縁組されないのはそのせいだ。

施設の他の子どもたちも、目立つ容姿の彼女をなにかと苛《いじ》めたり仲間はずれにしたりする。

石炭のような髪の毛や目が、気味が悪いとからかう。

チェルシーは八歳にして、自分の人生に諦《あきら》めを持ってしまった。

人と違う容姿をした自分に、これからも養子縁組の話がくることはないだろう。

ほんとうは、裕福な家に引き取られ、大好きな絵の勉強をするのが夢だった。

今日訪問する篤志家は、お金持ちでハンサムな男性だと聞いていた。万が一でも、自分の絵がその男性の目に止まったりしたら――運が開けるかもしれない。

前々から、胸ときめかせてこの日を待っていたのに――。

「こんなかんじかしら……」

掃除の手を止めたチェルシーは、練った磨き粉を指に付け、磨いたばかりの鏡に想像の男性の姿を描いてみた。

我ながら、なかなかかっこよく描けた。

「おや、それは私の姿かな?」

突然、背後から若々しいバリトンの声がした。

チェルシーは、びくりと肩を竦《すく》め、顔を伏せた。

鏡に、仕立てのよさそうなフロックコートを着た男性の姿が写っている。

すらりとしているが、首から上が映っていなくて顔がわからない。とても背が高そうだ。

おそらく、今日訪れた篤志家だろう。

「あ、あの、ごめんなさい……まだ、お掃除が終わらなくて……」

チェルシーは涙声で言う。

「君だけどうして、こんなところにいるの？　他の子はみな、広間に勢揃いして私の持ってきたお菓子を食べているのに――」

一歩男性が近づいた足音がした。

チェルシーはますます身を硬くして、声を震《ふる》わせる。

「わ、私は、お掃除を、言いつかって……」

こんな、汚れたエプロン姿でひとり掃除をしている姿など、見られたくなかった。

「そんな、ひとりだけ可哀想《かわいそう》に。こちらをお向き」

優しく言われ、おずおず振り返ったが、畏《おそ》れ多くてうつむいたままだ。長い足と、ぴかぴかに磨き上げられた男性の革靴が目に入った。

男性がはっと息を呑《の》む気配がした。

彼が無言で自分を凝視《ぎょうし》している視線が辛い。

きっと、自分の容姿が物珍しいのだ。

おもむろに、男性が優しい声をかけてきた。

「――その絵は、私を描いてくれたの？」

チェルシーはほっとして、こくんとうなずく。

「とても上手だね。素晴らしい。君は才能があるよ」

心臓がどきどきした。

誰かに褒《ほ》められるなんて、生まれて初めてのことだった。

「絵が好き？」

深くうなずく。

「そうか、私も絵は大好きだ。これからも絵の勉強をするんだよ」

何度もうなずいた。

胸が熱くなり、嬉し涙がこぼれる。

「泣かないで。手を出してごらん」

恐る恐る右手を差し出すと、掌になにか小さな紙箱が載せられた。

「とても綺麗《きれい》なデザインだから、空になっていても、捨てがたくてずっと持ち歩いていたんだ。君にあげよう」

見ると、マッチ箱だった。

青い小鳥が木の枝でさえずっているラベルが美しい。

「綺麗……」

「うん、幸せを呼ぶ青い小鳥だね。君にも、幸福が訪れますように」

大きな掌がぽんぽんと優しく頭を撫《な》でた。

「ありがとうございます」

チェルシーは、ぽろぽろ涙をこぼしながらつぶやいた。

「——様、どちらです？　次の催し物が始まりますよ」

廊下の向こうからくぐもった院長の声がした。

「ああ、では私は行くよ。君の分のお菓子を取っておいてもらうね。名前は？」

「チェルシーです」

「うん、チェルシー。また会えるといいね」

そういうと、男性は洗面所を出て行った。

チェルシーは、呆然《ぼうぜん》と足音が遠ざかるのを聞いていた。

男性の纏《まと》っていた柑橘《かんきつ》系のオーデコロンの残り香がした。

「ありがとうございます、おじ様」

チェルシーは、大事にマッチ箱を両手に包んだ。

誰かから個人的に贈り物をもらうのは、初めてだ。

(嬉しい……のっぽのおじ様……ありがとうございます)

恥ずかしくてとうとう頭を上げられず、男性の顔は見られなかったが、素敵な声とすらりとしたスタイルから、きっと眉目《びもく》麗《うるわ》しい人に違いない。

チェルシーの胸に、甘酸《あまず》っぱい想いが膨れ上がった。

翌日——。

チェルシーは院長室に呼ばれた。

（なにか粗相《そそう》をしたかしら――言われたお掃除もお洗濯も、ちゃんとしたのに）

叱責《しっせき》されると思い込んで院長室に行くと、高齢の恰幅《かっぷく》のよい院長のシスターは、満面の笑みを浮かべた。いつもは厳しい院長が、手を取らんばかりに迎える。

「まあ、チェルシー、よく来たわね、お入りなさい」

チェルシーは、おずおずと院長の座っている机の前に立った。

「実はね、チェルシー。昨日訪問してくださった方が、あなたの絵の才能を見込んで、ぜひ、絵の勉強の援助をしたいと申し出てくれたのよ」

チェルシーは一瞬、院長の言葉の意味がわからなかった。

今までいつも咎《とが》められたり叱られたりばかりしていたので、自分によいことが起こるなどと、想像もしていなかった。

（あの人だ――洗面所でお会いした、のっぽのおじ様だ……）

「私に……ですか？」

「そうよ。週に一度、絵の教室を通う月謝代と用具代を、すべて出してくださるそうです」

「そ、そんな……もったないです」

狼狽《うろた》えるチェルシーに、院長は断固とした口調になる。

「いいえ、断らないで欲しいの。あなたの援助と共に、この院に毎年莫大《ばくだい》な寄付金を頂けるというのよ。ぜひ、その方のご好意に甘えてちょうだい」

あまりの嬉しさに、チェルシーは呆然としてしまう。

「嘘……みたい……大好きな絵の勉強ができるなんて……」

嬉《うれ》し涙を浮かべる彼女に、院長が声をかけた。

「よかったわね。あなたにとって、これはチャンスよ。励《はげ》みなさい」

それは自覚していた。

養子縁組の希望が持てないチェルシーには、なにか手に職をつける必要があった。絵の道に励んで、画家として独り立ちすることが、彼女の将来の目標だった。

「はい、頑張ります！」

元気よく返事をしてから、チェルシーは少し頬を赤くして言った。

「あの……その方にお礼のお手紙を書きたいのですが、よろしいでしょうか？」

院長はうなずいた。

「もちろんです。ただし、篤志家の方々は匿名《とくめい》が原則なので、私の方からお渡しするわ」

——その夜。

チェルシーは、幼児室にずらりと並んだ三段ベッドのひとつで、窓から差し込む月明かりを頼りに、篤志家に手紙を書いた。

『けいあいなるのっぽのおじさま　このたびは、えをべんきょうさせてくださり、ありがとうございます。いっしょうけんめい、はげみます　チェルシー』

手紙と共に、ノートに鉛筆で想像の彼の姿を描いて同封した。

程なく、高級な絵の具とスケッチブックに添えて、篤志家から手紙の返事が来た。

『親愛なるチェルシー　すてきな絵をありがとう。これからも毎月、絵と手紙をください。ブライトン局止めで送ってくれれば、私に届くようにします。いつでも君を応援しています。　のっぽのおじ様より』

チェルシーは胸が躍《おど》った。

この世界にたったひとりだけ、自分を応援してくれる人がいる。

それは、今までいじめられっ子で泣き虫で内気だったチェルシーの、大きな心の支えになった。

（のっぽのおじ様、私、あなたのために一生懸命頑張ります！）

チェルシーは見違えるように明るくなった。

彼女は絵の勉強に励み、約束通り毎月匿名の篤志家に絵と手紙を送るようにした。

彼はそのつど、心のこもった返事をくれる。

チェルシーは、心の中で理想のおじ様像を描き、密かに胸をときめかせていた。


そうして——養護院での年月は過ぎ。

日ごとに、チェルシーはエキゾチックな美しさを増し、もはや院の誰も、彼女の容姿をからかうことはしなかった。

だが、チェルシーにはいっこうに養子縁組の話が来ないままだったのだ。

(やっぱり私の見た目が悪いんだ……)

チェルシーはそう思い込み、劣等感に苛《さいな》まれた。

その分、よりいっそう絵の勉強に打ち込み、「のっぽのおじ様」に手紙を書くことだけが心の拠《よ》り所《どころ》だった——。

第一章　年上侯爵に見初められ

チェルシーが十八歳になったばかりの、初春のことだった。

いつものように、掃除と洗濯を終えたチェルシーは、厨房の隅《すみ》にキャンバスを広げ、描きかけの絵を仕上げていた。

霧に煙《けぶ》るロンドンの街並を描いたもので、シルクハットの紳士と最新流行のバッスルスタイルのドレス姿の貴婦人が、腕を組んでハイドパークを散歩している図だ。

今度の春のロンドン美術展の公募に、出品しようと思っている。

毎年応募し、入賞の常連だったが、まだ大賞を穫ったことがない。

（今年こそ大賞を穫って、画家として独り立ちの足がかりにしなくちゃ）

そう胸に強い決意を秘めていた。

それというのも、十八を過ぎて養子縁組できなかった養護院の子どもは、一年以内に院を出てどこか下働きに出なければいけない規則だったからだ。

今年いっぱいまでに養子縁組が成立するか、大賞を穫って画家としてデビューしないと、どこかの商店の売り子か上流貴族の住み込みメイドとして働かざるを得ない。

この歳までどこからも養子縁組の声がかからなかったのだから、もはや画家としてデビューするしかチェルシーの未来は開けない、と自分で思い込んでいる。

それに――。

(せっかく何年も私の援助をしてくださったのっぽのおじ様に、合わせる顔がない。院を出て、メイドになって絵も描かなくなったら、もうお手紙を読んでもらえなくなるかもしれない)

今まで、匿名《とくめい》の篤志家《とくしか》に手紙を書くことだけが、チェルシーの生きる希望だった。

それを失ったら、もう生きる支えもない。

『のっぽのおじ様　私、十八になったのがとても怖いです。院を出て、一人で生きていくのが、とても怖いです』

そう泣き言を書いたりした。

『親愛なるチェルシー　自分を信じるのです。今まで頑張ってきた、自分を信じて前を向いて生きるのです。きっとあなたに、素晴らしい幸せが待っています』

のっぽのおじ様は、いつも優しく励《はげ》ましてくれた。

絵筆を持ってぼんやり考えごとに耽《ふけ》っていたチェルシーは、なにやら院長室の方が騒がしいのに気がついた。

絵筆を置いて厨房から廊下へ出た。

院長室からは、院長の泣きわめくような声が聞こえ、子どもたちや他のシスターたちが、狼狽《うろた》えた様子でドアの前に集まってた。

「どうしたの？　なんの騒ぎ？」

チェルシーは、中等部の少年の一人に声をかけた。

「ああチェルシー！　会計のジェファーソン氏が、院のお金を持ち逃げしてしまったんだって！」

少年が青ざめて答えた。

「なんですって？」

チェルシーも顔色を変えた。

「金庫の中のお金も銀行に預《あず》けていたものも、すっからかんだって――」

「そんな……！」

長年セントメリー養護院の会計を務めていたジェファーソンが、寄付金を使い込み、それがばれそうになって、有り金を盗んで遁走《とんそう》したというのだ。

セントメリー養護院は老朽化のため、去年からあちこちリフォーム工事の最中で、その費用を銀行から借り受けたばかりだった。つまり、蓄《たくわ》えは一文も無くなり、借金だけが残ったのだ。

「院長先生が連絡したけど、ジェファーソンはもう外国に高飛びしてしまったって」

「警察に――」

チェルシーは、院長が半狂乱になるのが理解できた。

養護院の子どもたちは、最年長のチェルシーを始めゼロ歳児まで、総勢七十五名。

セントメリー養護院が経営破綻《はたん》して失われたら、みんなどこにも行き場がない。

チェルシーだって、誕生日を待つまでもなく、どこか住み込みで働く場所を探すはめになるだろう。

「なんてことなの……！」

チェルシーもなす術もなく、呆然《ぼうぜん》とするばかりだった。


「みなさんはなにも心配することはありません。いつも通りに生活するのです」

夕食の席で、食堂に集まった院の子どもたちを前に、院長はいつもの落ち着いた声で言った。だが、彼女の顔色は土気色だった。

子どもたちはみな、心細げに肩を寄せ合い、ひそひそと言葉を交わした。

「僕たち、どうなるんだろう？」

「セントメリーがなくなったら、みんなばらばらに他の養護院へ引き取られるに違いないよ」

セントメリー養護院は貧しいが、子どもたちにはそれなりにきちんと衣食住を整え、教育も与えていた。院長は厳格だが公明正大な人で、身寄りのない子どもたちにとってはセントメリー養護院は、居心地のよい場所だったのだ。

巷《ちまた》では、劣悪《れつあく》な環境で無慈悲《むじひ》な管理下に子どもを置く養護院も多々あるという。そういう院では、子どもたちは冬でも薄いぼろ服を身に纏《まと》い、朝から晩まで院の仕事にこき使われ、パンと水だけの貧しい食事しか与えられないらしい。ひどいところでは、密かに子どもを売り飛ばしているという噂《うわさ》まである。

院の子どもたちに、絶望感が漂《ただよ》った。

チェルシーも例外ではなく、自分の行く末を考えると、暗澹《あんたん》たる気持ちになった。

その数日後のことだ。

チェルシーは院長室に呼ばれた。

最年長のチェルシーは、一番に養護院を出て行けと言われるのかと、びくびくしながら赴《おもむ》いた。

院長室に入ると、太っていた院長がすっかりやつれていて気の毒なほどだった。

「院長先生、チェルシーです」

書き物机から顔を上げた院長は、意外にも微笑んでいた。

「チェルシー、あなたに――いえ、セントメリーに朗報ですよ」

「え?」

「あなたを引き取りたいという、お申し出があったのよ!」

「ええっ?」

チェルシーは信じられない思いで目をぱちくりした。

今までまったく養子縁組の話がかからなかったのに、ここに来て――。

最年長で風変わりな容貌《ようぼう》をしている自分を引き取りたいとは、いったいどういう家だろう。だが、こんな幸運な話はない。たとえどんな家であろうと、精一杯気に入られるように努力しよう。

「ありがたいお話です、院長。でも、養子にするのにこんなに歳のいった私で、ほんとうによろしいのでしょうか?」

すると、院長が苦笑いした。

「まあやだ、チェルシー。養子ではないわ。あなたを妻に欲しいというお話なのよ」

「つ、妻⁉」

ますます呆然としてしまう。

「お相手は、バーナード・アシュレイ侯爵という裕福なお方です。今までお仕事に精を傾けておられたそうだけれど、そろそろ自分も妻を得て落ち着きたいとのことなの」

「侯爵――」

チェルシーは動揺した。

「ま、待ってください、院長。侯爵様のような方が、私のような身寄りのない孤児を妻にしてくださるというのですか？　あの……正式に……？」

身分の高い殿方は、正妻の他に密かに愛人を囲うという話を、チェルシーは耳にしたことがあった。ひょっとしたら、自分はその愛人として、引き取られるのかもしれない。

「安心なさい。侯爵様は正式に結婚したいそうですよ。それに、あなたは元々、侯爵家の血筋だわ。アシュレイ侯爵は、あなたをぜひにと、名指しで申し出てきたの」

「私が、侯爵様の妻に……」

現実味がなくて、チェルシーはぼんやりと立ちすくんでいた。

院長が少し口調を改めた。

「こんなことをはっきり言いたくないのだけれど、侯爵様はあなたを引き取る代わりに、このセントメリーの借財をすべて引き受けてくださり、今後の運営費用もすべてまかなってくださるとおっしゃってるの」

「まあ――」

チェルシーは目を見開いた。

院長がすがるような表情になる。

「どうか、チェルシー、この院を助けると思って——いいえ、裕福な侯爵家の妻になるんですから、あなたにも過分なお話だと思うわ」

チェルシーはまだ結婚の話がうまく頭に入ってこなかったが、この話が院を救うことになることはよく理解できた。

残された七十四人の子どもたちは、ばらばらになることなく、ここで健《すこ》やかに育つことができるのだ。

長年この院にやっかいになったチェルシーには、恩返しのようなものだ。

是非もない。

（きっとアシュレイ侯爵様は、ご老人なのだわ。もしかしたらご病気か、お身体が不自由な方なのかもしれない。だから、若く身寄りのない私に世話して欲しいんだわ。でも——それでもかまわない。こんな私を引き取ってくださり、正式に結婚してくださるなんて、なんて奇特な方なの。心を込めて、お世話してさし上げよう）

チェルシーは心を決めた。

「わかりました、院長先生。私、アシュレイ侯爵様のもとに参ります」

院長の顔がぱっと明るくなった。

「そう！　よく決心してくれたわ！　ありがとう、チェルシー。これでセントメリーは救われるし、あなたもこれから、何不自由ない暮らしが待っているのよ。必ず幸せになれるわ！」

手を叩かんばかりに喜ぶ院長を、チェルシーは内心複雑な気持ちで見ていた。

（のっぽのおじ様に、どう手紙を書けばいいのだろう。私は見知らぬ侯爵様の家に、お嫁に行きます――そんなこと、書けるだろうか……）

チェルシーの心の中で、『のっぽのおじ様』はいつの間にか理想の男性になっていたのだ。

自分の抱えている悩みや苦しみを、『のっぽのおじ様』にだけは包み隠さず書き送っていた。その度、『のっぽのおじ様』は愛情のこもった優しい返事をくれた。

顔も知らない一度ちらりと見たきりだが、いつも誠実で優しい手紙をくれるその人に、チェルシーは憧憬《どうけい》と淡い恋心を持つようになっていた。

いつか自分が画家として独り立ちできたら、お会いすることも夢ではないかもしれない――。

『のっぽのおじ様』は、チェルシーの心のよすがの男性だったのだ。

だから、せっかくの身に余るようなアシュレイ侯爵との結婚話に、心から喜べない自分がいた。

それどころか、まるで失恋したような胸の痛みすら感じたのだ。

だが、チェルシーはそんな心の思いを必死にねじ伏せた。

『のっぽのおじ様』なら、きっとチェルシーの幸運を喜んでくれる――。

そう自分に言い聞かせた。


翌日。

アシュレイ侯爵から、即刻屋敷に迎え入れたいとの返事がきた。

まずはチェルシーに淑女《しゅくじょ》のたしなみを学ばせ、それから正式に結婚するということだった。

チェルシーは急いで身の回りのものをまとめ、院長始め子どもたちやシスターに別れを告げ、慌《あわ》ただしく養護院を出立することになった。

わずかな荷物の入ったカバンとイーゼルと描きかけのキャンバスを抱えて門前で待っていたチェルシーのもとへ、侯爵家お抱えの四頭立て馬車が現れた。

古風なお仕着せに身を包み、片眼鏡をかけた上品そうな初老の執事が、恭《うやうや》しく馬車の扉を開けた。

「どうぞ、ご令嬢。当主がお待ちでございます」

「は、はい」

馬車になど、生まれて初めて乗る。

中は革張りの座席で、見るからに金がかかった造りだ。しゃちほこばって腰を下ろし、走り出した馬車の中で、チェルシーは緊張感を抑え切れなかった。

今日のために、洗濯してアイロンをかけた一張羅《いっちょうら》のドレスを着て、髪を丁寧に梳《す》いて結い上げた。だが、どれほど頑張ろうと、夜の帳《とばり》のような黒い髪と目、クリーム色かかった肌は隠しようがなく、万が一容姿がアシュレイ侯爵に気に入られなかったらどうしようと、不安は隠せない。

(侯爵が私を好まず追い返されたら、養護院にも大変な迷惑がかかってしまう……)

心を落ち着かせようと、そっと窓の景色を眺める。

馬車は、ジョージ三世像の横を通り、パル・マル街という高級住宅地に入っていた。

沿道には、高級貴族の豪奢《ごうしゃ》なタウンハウスが立ち並び、それだけでチェルシーはすくみ上がってしまった。

自分が別世界に来てしまったと思う。

(怖い……逃げ帰りたい……)

おろおろしているうちに馬車が止まり、御者席《ぎょしゃ》に乗っていた執事が扉を開け、手を差し出した。

「お疲れさまでございました。アシュレイ宅に到着でございます」

震《ふる》える手を支えてもらい、そろそろと馬車を降りる。

「……」

見上げるような鉄柵の門扉《もんぴ》は、凝《こ》った唐草模様《からくさもよう》だ。その奥に、どっしりとした御影石《みかげいし》造りの屋敷が見えた。チェルシーのいた養護施設など何十個も入りそうなほど、広いお城のような洋館だ。

「さあどうぞ、当主がお待ちかねでございますよ」

執事に促《うなが》され、ぎくしゃくと歩き始める。

玄関前には、ぱりっとした制服を着た侍従とメイドたちが、五十人ほどもずらりと並んで出迎えている。

「ようこそ、いらっしゃいました」

年かさのメイド頭が挨拶《あいさつ》すると、全員がいっせいに頭を下げた。

チェルシーはごくりと生唾《なまつば》を呑《の》み込んだ。

玄関ホールは、天井が高くアーチが幾重にも組み合わさり、コリント式の円柱が並び、床は美しい市松模様のタイルが敷き詰められている。壁には著名な画家の絵が、何枚も飾られている。

チェルシーは口をあんぐり開けて、辺りを見渡してしまった。

「おお、やっと来たか。待ち焦《こ》がれていたよ」

ふいによく通るバリトンの声が、ホールに響いた。

チェルシーは我に返って顔を振り向ける。

玄関ホールから続く大きな中央階段の上に、すらりとした長身の男性が立っていた。仕立てのよいグレイのスーツに身を包んでいる。

その人が、当主アシュレイ侯爵に違いない。

彼は踊るような足取りで階段を下りてきた。

近づいてくる彼の姿を目の当たりにして、チェルシーは驚きに目を見開いた。

艶やかな金髪を綺麗《きれい》に撫《な》で付け、知的な額、澄んだ青い目、高い鼻梁《びりょう》、引き締まった口元――気品に満ちた、彫像《ちょうぞう》のように整った顔をしている。手足が長く、均整の取れた身体付きだ。

男性の歳はよくわからないが、四十前くらいだろうか。

（なんて――素敵なお方なの……！）

アシュレイ侯爵はてっきり身体の不自由な老人だろうと思い込んでいたチェルシーは、若々しい美丈夫のような彼の姿に呆然と見惚《みと》れていた。

階段を一気に駆け降りてきたアシュレイ侯爵は、チェルシーの前にすっと立った。

目の前に立つと、見上げるほど背が高く、その分威圧感があった。

「チェルシーだね。私がバーナード・アシュレイだ」

チェルシーはおずおずと彼を見上げた。

彼の青い瞳が、なにか期待に満ちたようにきらきら輝いている。形のよい唇が、わずかに微笑んでいる。近寄りがたいほどの端整さに、思わず目を伏せてしまった。

声を震わせて挨拶する。

「は、初めまして……チェルシー・ミラーと申します。このたびは、私のような者をお屋敷に迎えて頂き、ほんとうに感謝します」

妙な沈黙が流れた。

チェルシーは頭を下げながら、自分がなにかまずいことを口走ってしまっただろうかと、不安で胸が締め付けられた。

「顔を上げなさい」

ふいに声をかけられた。

びくりと肩をすくめ、怯《おび》えて顔が上げられない。

すると、男の大きな掌が顔に触れたかと思うと、長い指先が顎《あご》を持ち上げて仰向かされた。

「あ……」

アシュレイ侯爵が、背中を屈《かが》めるようにして、顔を覗き込んできた。

息がかかるほど顔を寄せられ、異性との接触に慣れていないチェルシーは、息が詰まりそうになる。

「どうだね？　私の顔を見て」

端整な顔が間近にあり過ぎて、頭がくらくらする。

「か、かお……？」

「どうかと、聞いている？」

彼の声に苛立《いらだ》ちを感じ、チェルシーはなにか気のきいたことを言わねばならないと、混乱する。だが、お世辞《せじ》などなにも思いつかなかった。

つい、感じたままを口にした。

「描いてみたいと思わせる、素敵なお顔立ちです」

アシュレイ侯爵の真一文字の口元が、わずかに緩《ゆる》んだ。

「ふむ」

彼の表情が和《なご》んでくる。だが、顔を寄せたままなので、チェルシーは息を凝らし続けていた。

「そうだ、君は絵が得意だったね」

こくんとうなずくと、侯爵が微笑んだ。

「可愛《かわい》いチェルシー」

彼がつぶやいたかと思うと、そのまま唇が重なってきた。

「んっ……」

チェルシーは思わず目を固く瞑《つぶ》ってしまった。

男性と口づけするのは、生まれ初めてで、気が動転してしまう。

思わず逃げ腰になると、その腰を引き寄せられて、抱きすくめられた。

引き締まった逞《たくま》しい胸の中に閉じ込められ、温かな唇でしっとり口唇を覆《おお》われ、身動きができない。

侯爵が纏っているオーデコロンの香りが鼻腔《びこう》を擽《くすぐ》り、頭がくらくらした。

身体を強《こわ》ばらせ、歯を食いしばっていると、ふっと唇を離した侯爵が、小声でささやいた。

「取って食いはしない。チェルシー——力を抜いてごらん」

その艶《なまめ》かしい声に、柔らかい羽毛で背中を撫でられたようにぞくりとした。

言われるままに全身の力を抜くと、侯爵の柔らかな唇が、額から頬を辿《たど》り、再び唇を塞《ふさ》いだ。

ぬるりと熱い舌が唇をなぞり、チェルシーの唇を抉《こ》じ開けた。

「ふ……ん、ぅ」

口づけとはせいぜい唇を合わせる程度だろうと思っていたチェルシーは、より深く入ってこようとする男の舌の動きに狼狽《ろうばい》した。

侯爵の厚い舌が歯列をなぞり、口蓋《こうがい》を舐《な》め回し、咽喉《のど》奥《おく》まで侵入してくる。

「……む、んんっ」

怯えて縮こまっていた舌を弄《いじ》られ、搦《から》めとられた。

ちゅうっと音を立てて強く吸い上げられる。

その瞬間、うなじから背中にかけて甘い痺《しび》れが走り、チェルシーの身体からみるみる力が抜けてしまった。

「……ん、や……ふ、ぅ……」

くちゅくちゅと唾液の淫らな水音を響かせて、何度も舌を吸い上げられ、頭が朦朧《もうろう》として呼吸が苦しくなる。脱力した背中をさらに引き寄せられ、深い口づけが延々と続く。

「はぁ、は……ん、んんっ」

あまりに濃厚な口づけに翻弄《ほんろう》され、チェルシーはなす術もなく口腔《こうこう》を貪《むさぼ》られた。

ようやく唇を解放された時には、チェルシーは陶酔《とうすい》した表情を浮かべ、ぐったりと侯爵の胸にもたれていた。

「……はぁ、は、はぁ……」

荒い呼吸を繰り返すチェルシーの火照《ほて》った頬やこめかみに、侯爵は何度も唇を押し当てた。

「なんて初心《うぶ》なんだろう、可愛いチェルシー、口づけは初めてなのか?」

耳元でささやかれ、こくりとうなずいた。

すると侯爵は愛おしげにぎゅっと抱きしめ、さらに低い声で言う。

「そうか。では、これから私が、君にすべての初めてを教えてあげよう――もう、どこにもやらない。私だけのものだ」

チェルシーは、胸がじんと熱くなるのを感じた。

ここに来るまでは、ほんとうに自分のようなものが侯爵の望みなのか、半信半疑だった。異国風の自分の容姿を見たら、その場で追い返されてしまうかもしれないと、内心怯えていた。

だが、侯爵ははっきりと言ってくれた。

どこにもやらない――と。

その言葉は、チェルシーの心の奥底に、せつなく温かい気持ちを植えつけた。

「えー、あの、旦那様。お取り込み中ではありますが、ご令嬢はお疲れでございましょう。お部屋にご案内して、お茶などさし上げたいのですが――」

側から執事が控え目に声をかけてきた。侯爵は、夢から醒《さ》めたようにはっと身を離した。

「お――すまぬ、スティーヴ、つい――」

「お気持ちはわかりますよ。こんなにお美しいお方をお迎えになったのですから」

スティーヴの言葉に、侯爵がわずかに目元を赤く染めた。

「む――チェルシー、彼はこの屋敷の執事長スティーヴだ。私の父の代から、アシュレイ家に勤めてくれている。私がいない時には、わからないことはなんでも、彼に聞くといい」

「わかりました――あの、スティーヴさん、よろしくお願いします」

チェルシーが頭を下げようとすると、スティーヴが押しとどめるように言った。

「ご令嬢――チェルシー様、私に敬称はいりません。あなた様はゆくゆくここの女主人となるお方です。どうぞ、スティーヴと呼んでください。そして、気兼ねなくなんでも命じられて、かまいませんよ」

女主人――まだまったくぴんと来ない。

侯爵が優しく頬を撫で、言った。

「では、私は執務室に戻るから、君は自分の部屋でくつろぐといい。また晩餐《ばんさん》で話そう」

「はい、侯爵様」

「私にも敬称はいらない。バーナード、と呼べ」

チェルシーは戸惑いながらもうなずいた。

「はい、バ、バーナード」

「うん、そうだ」

バーナードはにこりと微笑むと、踵《きびす》を返しそのまま玄関ホールを出ていった。チェルシーはぼんやりと、その姿勢のいい背中を見送っていた。

「どうぞ――チェルシー様。お部屋にご案内します。階段を上がってすぐですから」

スティーヴに促され、重厚な胡桃《くるみ》材の中央階段を上がっていく。

松材の壁板には、無数の絵画が飾られている。それらを見渡し、チェルシーは思わずつぶやいた。

「ラファエル前派の絵がこんなに——素晴らしいコレクションですね！」

スティーヴが誇《ほこ》らしげに言った。

「はい、旦那様は芸術に造詣《ぞうけい》が深いお方で、絵画を見る目も高《たこ》うございます」

それから彼は、意味ありげに微笑んだ。

「女性を見る目も、高いようでございますね」

チェルシーは嫌味を言われたと思い、顔を伏せた。

「あの……スティーヴ。私のようなものが、ほんとうにお屋敷の女主人になれるでしょうか？」

おずおず尋ねるチェルシーに、スティーヴは心外そうな顔をした。

「なにをおっしゃいますか。あなたのように、若く美しく聡明な女性は、そうそうおられませんよ。あなたを見初《みそ》められてからの旦那様は、それはそれは明るくなり幸せそうでした。私は我が主人ながら、あなたを選んだことをとても誇りに思いますよ」

チェルシーは複雑な表情をした。

自分が美しいなどと感じたことはなかったからだ。

ただ、バーナードが自分を選んだことを、バーナード自身も屋敷の者たちも、誰も間違いと思っていないとわかって、ほっとした。

階段を上がってすぐの部屋に通される。

こぢんまりしたものを予想していたチェルシーは、扉を開けてすぐの家具がひとつもない部屋が、自分の部屋だと思った。ところが、スティーヴはすぐ次の扉を開けてチェルシーを誘う。

「チェルシー様、そこは控えの間でございますよ。こちらが私室になります」

慌てて入ると、あまりの広さと豪勢さに目を丸くした。

高級マホガニー材で統一された部屋は、養護院の食堂よりもずっと広く、一面に凝った花模様の壁紙が貼られ、明るく可愛らしい雰囲気だ。天井まである高い窓には、真っ白なレースのカーテンが下がっている。白を基調とした細かい彫刻の施《ほどこ》された家具は、テーブルと椅子とソファのみで、部屋をゆったりと見せている。

「こちらが寝室で、その奥に浴室と洗面所がございます」

ぽかんと部屋に見惚れているチェルシーに、スティーヴが次々扉を開けて案内する。

ベッドは天蓋《てんがい》付きで、大人が三人並んで横になれるくらい大きい。

浴室は、コックをひねると金張りの大きなバスタブにお湯が出るようになっていて、今まで厨房でお湯を沸かし、盥《たらい》で沐浴《もくよく》していたチェルシーはぽかんとしてしまう。

「クローゼットには、取りあえず朝昼晩用のドレスを十着ずつ、下着もコルセットも新品を十枚ずつ用意させましたが、明日には出入りの仕立て屋を呼んで、オーダーメイドのドレスをお作りになるといいでしょう」

スティーヴが寝室のクローゼットを開けてみせる。

中には色とりどりの最新流行スタイルのドレスがずらりと掛けられており、ドレスに合わせるための靴も何足も並んでいた。

「まず、湯浴みをなさってリラックスなさるとよろしいでしょう。後ほど、チェルシー様専属のメイドたちが参りますから、晩餐用のドレスにお着替えになり、私がお声をかけるまで、ゆったりとお茶でも飲んでお待ちください」

「わ、たしの専属のメイド……？」

もはや驚き過ぎて、頭が空っぽになってしまった。

スティーヴが恭しく部屋を去ると、チェルシーはふらりとソファの上に座り込んだ。

（信じられない……なにもかも、別世界で……）

これは夢ではないのだろうか。

昨日まで、引き取り手のない孤児だったのに、今日は侯爵夫人となるために立派なお屋敷にいるなんて——。

何度も頬をつねった。

夢じゃない。

ほんとうに自分はバーナードの妻となるのだ。

（妻――）

ふいに、先ほど玄関ホールでバーナードから受けた激しい口づけを思い出し、全身がかあっと熱くなった。

（つ、妻って――夫とベッドを共にするということよね……裸になって……）

それ以上のことは、チェルシーの乏《とぼ》しい性知識では、とても想像がつかなかった。

異性の前で自分のすべてを晒すなど到底できそうになく、にわかに恐怖感がこみ上げてくる。

（怖い……とても、こんなお屋敷でやって行く自信もない……逃げてしまおうか……でも、セントメリー養護院のためには、そんなことできやしない……）

混乱と恐怖がぐるぐると頭を渦《うず》巻いた。

『自分を信じて前を向いて生きるのです。きっとあなたに、素晴らしい幸せが待っています』

ふと、頭に「のっぽのおじ様」の言葉が浮かんできた。

チェルシーは、コルセットの内側にいつも隠し持っている小さな真鍮《しんちゅう》の錠剤入れ《ピルケース》を取り出した。蓋《ふた》を開けると、古びたマッチ箱のラベルが入っていた。青い鳥の絵が描いてある。

幼い頃、「のっぽのおじ様」からもらったマッチの空き箱の、ラベルの部分だけ切り取って、大事に持ち歩いているのだ。チェルシーの宝物であり、お守り代わりでもあった。

（そうよ、私を信じよう。バーナードに選ばれた私を、信じよう。きっと、「のっぽのおじ様」の言う通り、幸せになれるわ）

「のっぽのおじ様」のことを思うと、心が徐々に落ち着いてきた。

ほどなく、清潔なお仕着せに身を包んだ有能そうなメイドが何人も部屋を訪れた。

彼女たちに運ばれるようにして浴室に連れていかれ、あれよあれよと裸に剝《む》かれ、たっぷり湯の張った浴槽に全身を浸《ひた》される。甘い薔薇《ばら》の香りのするシャボンに包まれ、まるで女王様のように髪の毛から指の先まで丁重に洗われた。

「こんなまっすぐで絹糸のように滑らかな黒髪は、見たことがございませんよ」

「なんて肌理《きめ》の細かい、お美しい肌なのでしょう」

「腰が折れそうに細くて――素晴らしいプロポーションですわ」

彼女たちが口々に褒めるので、擽ったくてならない。今まで自分の容姿に劣等感しかなかったので、にわかに絶賛されてもお世辞《せじ》にしか聞こえないのだ。

風呂の後は、晩餐用のドレスに着替えさせられた。

メイドたちはあれこれ吟味《ぎんみ》して、一番チェルシーの美しさを際立たせるだろうと、袖《そで》のないデコルテの深い、海の底のような青いドレスを選んだ。

絹のドロワーズを穿《は》き、何枚ものペチコートを巻き、リボンとレースで飾られた新品のコルセットを嵌《は》め、大きく広がるスカートを被り、胴衣を纏う。養護院では、今までなんでも一人でやるのが決まりだった。こんな着せ替え人形のように立っているだけで、どんどん着飾られていくのが不思議な感じだ。

次に大きな鏡のある化粧台の前に座り、髪を結い上げられ、生まれて初めて化粧をされた。

最後の紅を口にさされると、メイドたちがさっと左右に引いて、頭を下げた。

「お嬢様、いかがでございますか？」

チェルシーは、こわごわ目の前の化粧鏡を見つめた。

（これが──私？）

何度も瞬きをした。

艶やかな漆黒《しっこく》の髪をふんわりと結い上げ、薄化粧した顔は気品に満ち、滑《なめ》らかな肌はぴかぴかに輝き、まるで絵画の中の神話の女王様のような美しさだ。

「こんなにお美しい令嬢は、この界隈《かいわい》にだっておられませんよ」

「旦那様は、ほんとうに審美眼に優《すぐ》れておられることですわ」

メイドたちはうっとりした表情で、口々に賞賛し、まんざらお世辞にも聞こえない。

（馬子《まご》にも衣装っていうけど、ほんとうなんだわ。ドレスとお化粧で、こんなにごまかさ

せるものなんだ）

まだ劣等感を払拭《ふっしょく》できないチェルシーは、そう思って納得した。

ソファに座ってお茶を飲んで一服していると、スティーヴが晩餐の呼び出しに現れた。

「チェルシー様、晩餐の仕度が整いました。食堂までご案内しましょう」

「は、はい」

ドレス姿をスティーヴはどう受け取るだろうと、自信なげにうつむいて扉口に向かった。

「これはよくお似合いです――既製品のドレスでも、これほど見事に着こなされるのは、もともとのお美しさのせいでございましょうね」

「あの、侯爵様――バーナードは、気に入ってくださるでしょうか？」

「無論です。私が太鼓判を押しますとも」

スティーヴの誠実な言葉に、胸を撫で下ろした。

彼に案内され、階下の食堂に入る。

食堂はバロック風で、白を基調とした壁面一面に幾何学《きかがく》的な花模様が彫られ、オーク材の長いテーブルの上に、ぴかぴかの銀食器が並んでいる。

奥の大きな暖炉《だんろ》を背にした席に座っていたバーナードが、チェルシーの姿を見ると素早く立ち上がって迎えにきた。

夕方の正装に着替えた彼は、昼よりも威厳が増し、さらに落ち着いて見えた。

「待っていたよ、チェルシー」

バーナードはチェルシーの前に立つと、まじまじと彼女のドレス姿を眺めた。

「なんて綺麗なんだ。まるで、ミレイの描いた『オフェーリア』みたいだ！」

ロイヤルアカデミー展に出品されたラファエロ前派のミレイの「オフェーリア」は、シェークスピアの「ハムレット」に登場する絶世のヒロインの姿を描いたもので、その緻密《ちみつ》な美しさに、世間の大評判になった名画だ。

絵画に造詣の深いというバーナードらしい褒め言葉に、チェルシーは嬉しくて胸が熱くなった。

「お腹が空いただろう、今夜は料理長に腕を振るってもらったよ」

バーナードに手を取られ、暖炉の側の椅子を引いてもらう。

真っ白なナプキンが皿の上に薔薇のような形に畳まれ、銀のナイフとフォークが左右にずらりと並んでいる。

チェルシーはにわかに緊張してきた。

今まで、一汁一菜の貧しい食事しかしてこなかったので、テーブルマナーがまったくわからなかった。

身を強ばらせて向かいのバーナードを窺うと、彼は自然な動作でナプキンを広げて膝《ひざ》の上に置いた。慌てて同じことをする。

お仕着せの給仕が、小さなグラスの食前酒を運び、前菜の皿を置く。

なにが素材かわからないが、綺麗な料理だ。

「鮭《さけ》のムースだ。さあ、頂こうか」

バーナードが促したが、チェルシーはいったいどのフォークを取っていいのか、見当もつかなかった。初日から失態を犯し、バーナードの勘気《かんき》に触れたくない。

（私、やっぱり場違いだ――食事すらできない……）

うつむいて皿を見つめているだけのチェルシーに、バーナードが気がついたように、優しく声をかけた。

「チェルシー、ナイフとフォークは、料理順に外側から使うんだ。もし間違ってしまっても、給仕に声をかければ、新しいものを持ってきてくれるよ」

バーナードは自らナイフとフォークを手に取り、見本を見せてくれる。

「食べ終わったら、ナイフとフォークは揃《そろ》えて皿に置くんだ。まだ食べている途中なら、このようにハの字に開いて置けばいいんだよ。ナイフの刃は内側に、フォークは背を上に向けてね」

「はい――」

言われたとおりにナイフとフォークを手にし、ムースを食べ始めた。

口の中でクリームのような蕩《とろ》ける料理に、頬っぺたが落ちそうになった。

「どうかな、味は？」

「美味しいです！　こんな魔法みたいなお料理、生まれて初めて！」

夢中になってぱくついているチェルシーを、バーナードは微笑ましそうに眺めている。

あっという間に平らげてしまってから、はっと、チェルシーは我に返った。

まだバーナードは悠々と前菜を味わっている。

きっと淑女なら気のきいた会話をしながら、少しずつ上品に料理を口に運ぶものだろう。

だが養護院では、食事時間は十分、さっさと食べて食器を片付けるのが習わしだった。

（なんて品のない私――育ちの悪さ丸出しで……）

恥ずかしくてみるみる意気消沈してしまう。

いきなりぱたりとナイフとフォークを置いてしまった彼女に、バーナードが気遣わしげな声をかけた。

「どうした？　口に合わなかったか？　なにか別のものを作らせようか？」

チェルシーは無言で首を振った。

「……バーナード、ごめんなさい」

バーナードは目をしばたたいた。

「なぜ謝る？」

チェルシーは潤んだ目で顔を上げた。

「私、貴族のおうちのしきたりやマナーを、なにも知りません。こんな私を妻にするなんて、あなたが恥をかくだけです。でも、私、もう養護院には戻れません。どこにも行くところがありません。だ、だから……」

チェルシーは、苦痛に満ちた表情で言った。

「あの、使用人でもいいんです。バーナードのお邪魔にならないように、大人しく言う通りにします。だから、どうか、ここに置いてください」

頭を下げ、肩を震わせた。

かしゃんとバーナードがフォークを置く音がした。

しばらく、広い食堂は暖炉の上の銀細工の時計の音だけがちくたくと響いた。

「チェルシー」

バーナードの静かだが、威厳のある声がした。

「チェルシー、顔を上げて、私をごらん」

そろそろ頭を上げ、涙目で彼を見る。

バーナードは険《けわ》しい顔をしている。

「私は怒っている」

（やっぱり、私が期待はずれだったんだ……）

とうとう堪《こら》えていた涙が溢れてしまう。

「君が私の言葉をそんなにも信じてくれないことに、とても怒っている」

「え……？」

バーナードは、少し身を乗り出すようにして、端整な顔を近づける。

「なにもわからなくてかまわないんだ。言ったろう？　君の初めてを、すべて教えてあげると。これからゆっくり、私と暮らしながら、学んでいけばいいんだ。わかるかい？」

「はい……」

ふいにバーナードが向かいから長い手を伸ばし、チェルシーの柔らかな頬に触れた。

「私は君を妻にしたくて引き取った。使用人なんてとんでもない。君をひと目見た時から、君こそ私の生涯を共にする相手だと、私は決めていたんだから」

彼の長い指先が、こぼれ落ちる涙を拭《ぬぐ》ってくれる。

チェルシーは声を震わせた。

「ほ、ほんとうに？」

「もちろんだ」

咽喉の詰まっていた固い氷のようなものが、溶けて流れていくような気がした。

「私で、いいんですね？」

「君しか、いない」

まっすぐ青い目で見つめられ、心臓が跳ね上がり全身の血が逆流しそうだった。

そして、次のバーナードの言葉で、椅子から転げ落ちそうになった。

「愛しているよ、チェルシー」

「っ——」

頭がくらくらした。

今、愛の告白をされた。

自分よりずっと年上でハンサムで優雅で裕福な侯爵から——。

こんな風変わりな孤児に、こんなにも優しく心を込めて——。

それまでモノクロだった世界が、一瞬で極彩色《ごくさいしき》に染まったような衝撃だった。

(こんな私を……愛している？　バーナードみたいな立派な人が？)

信じられないが、ついさっき、彼は自分の言葉を信じろと言った。

(信じていいいのだろうか？)

彼の瞳の奥を探るように見つめるが、そこには誠実で真摯《しんし》な色しか見つからなかった。

吸い込まれそうな青い目に、身体のどこかに妖しい気持ちが湧き上がってくる。

「私……」

どぎまぎして口ごもると、バーナードは余裕のある笑みを浮かべた。

「私は急がない。これから時間はたっぷりある。ゆっくり君の気持ちを解《ほぐ》して、私に寄り添ってくれるようにしてあげる」

艶のある声でささやかれると、全身の力が抜け、彼にすべてを委《ゆだ》ねてしまいたい気持ちになる。

「ごめんなさい、つまらないことを言って……私、バーナードにすべてお任せします」

「うん、いい子だ」

頬を撫でていた指が、するりと唇をなぞってから離れた。

その指の感触に、なぜかぞくりと甘く背中が痺れた。

「さあ、食事を続けよう。君の健康な食欲は、見ていてとても気持ちがいい。なにも遠慮することなく、好きなものを好きなだけお食べ。たとえ食べ過ぎて太ってしまっても、私の気持ちは少しも変わらないよ——まあ、ほどほどにね」

チェルシーはやっと笑うことができた。

「はい、頂きます、ほどほどに」

緊張がほぐれ、チェルシーはテーブルマナーをバーナードからいろいろ教わりながら、生まれて初めての豪華な晩餐を終えたのだった。

その後、メイドたちから再び入浴をすすめられた。

養護院では、週に一度沐浴できればいい方だったので、一日に何回もお風呂に入るということだけでも、驚いてしまう。

なみなみと湯を張った金張りの浴槽に、ゆったりと手足を伸ばしてリラックスすると、やっと今日一日の出来事を思い返すことができた。

自分の倍も年上の侯爵のことを思う。

成熟した大人の魅力に溢れているが、老けた雰囲気はまったく感じられない。

容姿端麗で裕福な彼が、なぜ自分を選んだのか、未だに理解できない。

（そういえば――バーナードは、私をどこで見初めたのだろう……）

篤志家の訪問日に、バーナードの姿を見た記憶がないのだ。

それとも、自分がうっかりしていただけだろうか。

篤志家たちは裕福で身分の高い人ばかりなので、孤児たちはじろじろ彼らの姿を見たりすることは禁止されていたから、ついバーナードを確認し損ねてしまったのかもしれない。

（とにかく、今日から私はバーナードの妻になったのだわ。決心してここに来たんですもの、一生懸命彼にお仕えしよう……）

それから彼女はぽっと頬を染めた。

（私ったら、舞い上がってる……バーナードがよぼよぼの老人なんかじゃなくて、とてもハンサムで素敵な紳士だったからだわ）

風呂から上がると、新品のふわふわしたガウンに着替えた。

ふと思いついて、チェルシーは私室の机に備え付けてあったアシュレイ家の家紋入りの便せんを取り出した。

羽ペンにインクを浸し、書き始める。

「親愛なるのっぽのおじ様――」

と、部屋の扉を遠慮がちにノックして、メイドの一人が声をかけた。

「あの――チェルシー様。旦那様が寝所にお出でになるようにと、お呼びでございます」

「あ、はい。すぐ行きます」

慌てて立ち上がった。

(そ、そうだ――妻になるということは、夜、夫となるひととベッドを共にするということだった)

メイドに導かれ、廊下の奥のバーナードの私室に向かいながら、チェルシーはにわかに緊張感が高まってきた。

口づけをされただけで、身体中が痺れて気を失いそうになった。

それ以上の行為は想像もつかなくて、本能的な恐怖に足が震えてくる。

(苦しいのだろうか……痛いのだろうか……)

突き当たりの扉をメイドが開けて、チェルシーを中へ入るように促した。

部屋の中は、部屋の中央にあるテーブルのオイルランプと、奥の小卓の燭台《しょくだい》の灯《あか》りだけが点っていて、ほの暗かった。部屋の奥に、大きな天蓋付きのベッドがあるのが窺えた。

扉の前で立ち往生していると、ベッドの方から深みのあるバーナードの声がした。

「こちらへ、おいで」

「は、はい」

自分の声はあからさまに震えていた。

そろそろベッドに近づくと、ガウン姿のバーナードが、ベッドに腰を下ろし、眼鏡をかけて書物を読んでいた。

彼は読み書きをする時は眼鏡を使うらしく、ひときわ厳めしく知的に見えて新鮮だった。

バーナードの前に立つと、彼は小卓の上に書物を置き眼鏡を外して、こちらを見上げた。

ほのかな蝋燭《ろうそく》の灯りに照らされた彼は、完璧な美貌に野性味を帯びて見え、チェルシーは獅子《しし》に見据《みす》えられた獲物のような気持ちになる。

「私が、怖いか？」

バーナードがかすかに笑みを浮かべて言う。

チェルシーは素直にこくんとうなずいた。

彼の笑みが深くなった。

「怖がらなくていい。君に少しずつ、夫婦の営みを教えていこう。大丈夫、私にすべてをまかせて」

彼が長い腕を差し出した。

「では、ここに――私の膝にお座り」

「え？　そんなところに……」

戸惑いながらも、おずおずと彼の膝の上に腰を下ろす。重いかもしれないと、体重をかけないように気を使う。

すると、バーナードの両手が包み込むように抱きしめてきた。

「あ……」

薄いガウン越しに、引きしまった胸の筋肉に触れ、身体が強ばる。力強い鼓動と、熱い息づかいも生々しく感じられ、心臓が口から飛び出すのではないかと思うほど、緊張が高まった。

「やっと私のものにした。もう、離さない」

耳元でささやかれ、身体中の血がかあっと熱くなる。バーナードの艶っぽい低い声が、耳穴に熱い息とともに吹き込まれると、形容しがたい淫《みだ》らな気持ちが湧き上がってきて、身の置き所がないほど狼狽えた。

「そんなに震えなくていいから――」

バーナードは、洗いたてのチェルシーの黒髪に顔を埋め、耳朶《みみたぶ》の後ろを高い鼻梁でそっと撫でた。

「ん、あっ」

不意をつかれて、びくりと肩がすくみ小さく声を漏らしてしまう。擽ったいような怖気《おぞけ》がするような、不思議な感覚だった。

「耳の後ろが、感じやすい？」

バーナードがくぐもった声を出し、ねろりと耳朶の周りを熱い舌で舐《ねぶ》った。

「やっ、ぁ、あ」

その妖しい動きに、身体がぞくぞくした。自分の淫らな反応が怖く、思わず腰を浮かしそうになると、バーナードの逞しい腕が、ぐっと引き寄せた。

耳孔《じこう》に深く舌を差し込まれ、くちゅくちゅと掻き回されると、息が乱れ全身が甘く蕩けてくる。

「感じやすいね。いいね。とても、いい」

バーナードの片手が、器用にチェルシーのガウンの腰帯を解く。ぱらりとガウンの前の合わせ目が開き、素肌の乳房が剝き出しになった。

「あっ、や……」

恥ずかしくて両手で胸を隠そうとすると、バーナードが吐息だけで笑う。

「隠さないで、見せなさい」

おずおずと両手を下ろす。

燭台の灯りの中に、象牙色の肌とふくよかな乳房が浮かび上がる。緊張のためか、乳首がつんと尖《とが》っているのが感じられた。

「綺麗だ——まろやかに育ち上がっているのに先端は薔薇色に小ぶりで慎《つつ》ましくて」

バーナードは右手を背中から回し、両手でそっと乳房を包んだ。

「あ」

温かな掌が、掬《すく》い上げるように乳房を揉みしだく。

「あ、あぁ」

なんだか気持ちがふわふわしてくる。乳首がはしたなく固く芯をもって鋭敏になってくる。

しなやかなバーナードの指が、その頂《いただき》をきゅっと摘《つま》み上げた。

「んん、んぅうっ」

ちりっと灼《や》け付くような甘い疼《うず》きが脳天まで走り、じわりと下腹部の奥が痺れた。

「ぁ、や、だめ、そこ……っ」

感じたことのない淫らな疼きに、チェルシーは身を捩《よじ》って逃れようとした。

だが男の逞しい腕がしっかり彼女を抱きかかえ、乳房を絞り出すように揉みしだきながら、鋭敏になった乳首を捏《こ》ね回す。

「は、あぁ、あ、やぁ……」

痛いような心地好いような不思議に甘い感覚が、全身に広がっていく。悩ましい鼻声が、ひとりでに漏れてしまい、恥ずかしくてならない。

「気持ちいい？　恥ずかしがることはない。感じるままに、声を出していいんだ。ここには、私と君だけだから――」

　こりこりと乳首を弄《もてあそ》びながら、バーナードはチェルシーの華奢《きやしや》なうなじをちゅっと吸い上げる。その痛みにすら、妖しく感じてしまう。

「んん、あぁ、あ、は、や、あぁ……」

　下腹部の奥が熱くなり、自分のあらぬ部分が脈打つように疼くのを感じ、チェルシーはやり過ごそうともじもじと腰を蠢《うごめ》かした。

「そこも、感じてきた？」

　耳穴に低い声を吹き込まれると、その振動に背中が震えた。

「やぁ、恥ずかしい……やめて、あぁ、やめて……」

　男の指は触れるか触れないかのタッチで優しく乳首を撫で擦ったり、ふいに強く摘み上げたりし、緩急自在にチェルシーの官能を高めていく。

　身体の芯が燃え上がり、下腹部の疼きは耐えきれないほどになり、なにかがとろりと溢れ出てくるかんじがする。

　乳房を弄っていた右手が、横腹を滑り降り、開いたガウンの中に潜り込み、太腿《ふともも》を撫でさすった。鼠蹊部《そけいぶ》を撫でられると、恥ずかしい部分が痛いほど疼くのを感じ、思わず両足をぎゅっと閉じ合わせてしまった。

「チェルシー――少し足を開いて」

悩ましい声で言われると、ひとりでに身体が動いてしまう。

すかさずバーナードの手が、恥ずかしい部分に伸びてきた。

「あっ、だめっ、触っちゃ……」

黒い下生えをざらりと撫で、長い指が閉じた割れ目にそっと触れた。びくりと腰が浮いた。

「あ、あ、だめ、そこ、だめっ」

「どうして？　もっと気持ちよくしてあげるのに」

片手で乳房と乳首を弄りながら、男の指が何度も花唇《かしん》を上下に辿った。たちまちそこが、ぬるついてくるのがわかり、チェルシーは狼狽えた。

「もうすっかり濡れてきた――感じやすい、可愛い身体だね」

「あ、あぁ、や、だめ……ぁあ」

触れられている箇所から、とろとろと蕩け、陰唇《いんしん》が綻《ほころ》んでくる。じんじんと花唇が疼き、腰が淫らにくねってしまう。

「気持ちいいだろう？　こんなに蜜が溢れて――感じている証拠だよ」

滑らかな指が綻んだ花弁を割り、くちゅりと蜜口《みつくち》の浅瀬を掻き回した。ぞわっと妖しい快感が腰を走り、びくんと背中が仰《の》け反《ぞ》った。

「あ、指……そんなところ、あ、あぁ、は、ぁ」

くちゅくちゅと愛蜜《あいみつ》の弾ける恥ずかしい音が、はっきりとチェルシーの耳にも届き、羞恥と興奮で、全身の血が沸き立った。

身体の奥から溢れてきた蜜が、股間をぐっしょり濡らすのを感じ、粗相でもしたようで恥ずかしくてならない。なのに、その愛蜜を泡立てるように秘裂《ひれつ》を掻き回されると、痺れるような愉悦に抵抗できない。

バーナードの長い中指が、ぬめりを借りてぬるりと膣襞《ちつひだ》の中に潜り込んできた。

「きゃ、あ、だめ、挿《い》入れないで……っ」

硬く冷たい異物が身体の奥へ侵入してくる本能的な恐怖に、悲鳴を上げる。

「だいじょうぶ、指一本だ。挿入《はい》る――だが、狭いな」

バーナードはあやすようにチェルシーの耳朶を甘くなぶりながら、指をゆっくりと前後に滑らせた。

「あ、あぁ、あ、は、あぁ……」

隘路《あいろ》を内側から押し開くような圧迫感と、湧き上がる淫らな快感にチェルシーは混乱する。悩ましい喘《あえ》ぎ声が抑えられなくなり、恥ずかしくてバーナードの胸に顔を埋め、彼のガウンの胸元をぎゅっと握りしめた。

ふいに男の指先が、綻びきった割れ目のすぐ上の膨らんだ陰核《いんかく》をぬるりと擦った。

「っ、ああっ？」

びりっと雷にでも打たれたかのような激しい衝撃に、チェルシーの腰が大きく跳ねた。

「やっ、なに？　や、あ、あぁ、あぁっ」

溢れる蜜を指の腹で受け、それを塗り込めるようにそこを擦られると、下肢が蕩けそうな快感が何度も襲い、耐えられないくらい凄まじく感じてしまう。

「だめ、どうして……あぁ、あ、だめ、だめぇ」

円を描くように膨れた秘玉《ひぎょく》を転がされ、尖った先端を撫でるように何度も擦られると、あまりの愉悦に両足がだらしなく開き、隘路の奥がひくひくと戦慄《わなな》いた。

「気持ちいいだろう？　ここが君の一番敏感に感じるところだよ――もっとして欲しい？」

バーナードの低い声が、焦らすように耳朶を擽る。

チェルシーは、これ以上続けられたら自分がどうなるかわからず、恐怖で首をいやいやと振った。

「も……やぁ、やめて……怖い……やめてください」

だが優しいはずのバーナードが、意地悪く指の動きを止めようとしない。

「そんなことを言えないくらい、気持ちよくしてあげる」

彼は膨れた秘玉の中心に指の腹を軽く押し付けるようにして、小刻みに揺さぶり始めた。

「んぁ、あ、は、あ、だめ、や、だめ……っ」

痺れる喜悦が全身を駆け巡り、なにか尿意にも似た熱いうねりが下肢から迫り上ってくる。それが理性を根こそぎ奪っていきそうで、チェルシーは身体を強ばらせ喘ぎ声を嚙み殺した。

隘路が淫らにひくつき、男の指を引き込もうとする。

「あ……あぁ、あ、なんだか……あ、へんに……あ、おかしく……っ」

耐え切れない愉悦に、きゅうっと膣襞がイキんでしまう。

「おかしくなっていいから――」

バーナードは、さらに指の動きを速めた。

膨れ切った花芽がじんじん痺れ、チェルシーの神経はすべて男の指の動きに集中し、初めての絶頂に向けて高揚《こうよう》していく。

「あ、あぁ、や、あ、だめ、あぁ、だめ、だめ、だめぇっ」

あまりに凄まじい快感に、眦《まなじり》から涙がこぼれた。

ぎゅっと瞑《つぶ》った瞼《まぶた》の裏が、喜悦の光で真っ白に煌《きら》めく。

「あ……あぁ、ん、ん、んんぅ、んんんんぅーっ」

ぴーんと全身が硬直し、チェルシーは初めてのエクスタシーを極めてしまった。

知らずに太腿がぎゅうっと男の手をきつく挟み、快感を逃さないとばかりに腰がびくびくと跳ねた。

チェルシーが極めたのを見届けたバーナードが、指をするりと抜いた。とたんに、滞っていた愛液が、とろりと大量に溢れ出た。

「……はぁ、は、ぁ、あぁ……ぁあ……」

まだ自分の身体に起こったことが受け入れられず、チェルシーは華奢な肩を震わせながらひくひくと身体を痙攣《けいれん》させた。

「どう？　初めて達した気分は？　気持ちよかったろう？」

しっとり汗ばんだ彼女の身体を抱きかかえ、バーナードが火照った頬にこぼれた涙を唇で受けた。

「……ん、は……ぁ、わた……し……」

まだ陶酔から覚めやらないチェルシーは、ぼんやりと潤んだ瞳でバーナードを見上げた。

彼の顔は、今まで見たこともないような熱っぽいなにかに耐えるような表情をしていた。

「ああ、なんて可愛らしいんだ――今すぐにでも、君を私のものにしてしまいたいよ――チェルシー、私がどんなに君を欲しがっているか、わかるかい？」

バーナードが、軽く股間を膝の上のチェルシーの尻に押し付けてきた。

なにか熱く硬いものが、ごつごつと尻肉に当たる。

「あ……？」

男性の欲望がどうなるものか無知なチェルシーは、戸惑《とまど》った声を出す。

「私のものに、触れてくれるかい？　チェルシー」

バーナードが自分のガウンの裾《すそ》を割り、下履きをくつろがせる。そして、チェルシーの右手を取ると、ゆっくりと自分の股間に導いた。

掌に、太くて硬いなにかが触れる。

チェルシーはそれを直視する勇気がなく、きゅっと瞼を閉じた。

「そっと、握ってみて」

言われるまま、おそるおそるバーナードの屹立《きつりつ》した欲望を握ってみる。

「あ、熱い……びくびくして……」

恐怖に思わず手を引いてしまった。

「そうだ——君が欲しくて、こんなに硬くなっているんだよ」

チェルシーは初めての触れた男性自身の感触に、脈動が速まるのを感じた。

「これを君の中に、受け入れてもらうんだ」

「っ——」

先ほど指一本でも目一杯だったのに、こんな手に余るようなものが挿入るとは思えず、怖くて身体が小刻みに震えてきた。

するとバーナードがあやすように背中を撫でてくれた。

「今夜は、君をほぐすだけだ。君の初めてを、辛いだけのものにしたくない。夫婦になるということ、男女が睦《むつ》み合うということを、それがどんなに素晴らしいものか、きちんと君に教えてあげよう」

彼はため息のような艶っぽい声でささやくと、チェルシーの手の上に自分の手を重ねた。

チェルシーは、おそるおそる尋ねた。

「あの……今夜はこれだけで、いいのですか？」

バーナードがにっこりした。

「もちろんだ。君に触れてもらえて、私はとても嬉しかったよ」

チェルシーは少し安堵《あんど》した。

夫婦の営みは、わからないことばかりで、不思議で淫靡《いんび》でまだまだ怖い。

「今日は疲れたろう――もう休もう」

バーナードがベッドの上掛けを捲《めく》り、チェルシーを抱いたまま一緒に横になった。

チェルシーは、ガウンを脱ぎ去ったバーナードが全裸なのに気がつき、鼓動が高まってしまう。

ギリシア彫刻の青年神のように、引き締まって美しい裸体だ。

胸に抱き寄せられると、オーデコロンとシガーと汗の匂いが混じった男の香りが鼻腔を擽る。厚い胸板に顔を寄せると、気持ちが柔らかく落ち着いてくる。

バーナードがそっと抱き寄せ、額に口づけした。

「こうして、私の腕の中に君がいるなんて、まだ夢のようだ」

しみじみした声で言われ、胸がきゅんと締め付けられた。

「愛しているよ、私の可愛いチェリー」

「チェリー……？」

「うんそうだ。君はつやつやのさくらんぼみたいに可愛い。どこもかしこも食べてしまいたいほど、可愛い。私のさくらんぼ姫だ」

今まで絵を描くこと以外に人に褒められた経験が少ないチェルシーは、バーナードのてらいのない手放しの賞賛の言葉に、擽ったく恥ずかしくてならない。

でも、とても嬉しい。

ここに来るまでは、自分の運命はどうなってしまうのだろうと不安でならなかった。

年寄りの身体の不自由な男性の、妻とは名ばかりの身辺の世話をする使用人として選ばれたのだろうと思い込み、それでもいいと覚悟してやって来た。

だが、悲壮な決意が当てが外れるほど、バーナードは誠実で優しい人だった。

「お休み、私のチェリー」

髪を撫でながら耳元でささやかれると、ふわりと睡魔が襲ってきた。

「お休みなさい……」

返事をした直後、すとんと深い眠りに落ちた。

異性と裸で抱き合って眠るなんて、とうていできないだろうと思っていたのに、すやすやと安らかな眠りにつくことができたのだ。

『親愛なるのっぽのおじ様
実は大事な報告があります。

私——結婚します。養護院の売れ残りの私を、ぜひ妻にしたいと申し出てくれた奇特な方がいたのです。養護院の後ろ盾になってくださるということもあって、私は思い切って、その方に嫁ぐことにしました。

あの——事後報告になってしまって、おじ様はお怒りになられませんか？

私、結婚しても、おじ様にお手紙を書きたいのです。

おじ様に手紙を書くことだけが、ずっと私の生き甲斐《がい》でした。

これからも、相談に乗って欲しいのです。

夫となる方は裕福な侯爵様で、それは優しく素敵な方でした。でも、私にはまだ自分がその方にふさわしい女性になれるか、自信がありません。

一生懸命お仕えしようと思いますが、貴族の暮らしも妻の務めも、わからないことばかりです。

どうかおじ様、いつまでも私の心の支えになってください。

敬具　チェルシー』

『親愛なるチェルシー

まずは、結婚おめでとう！

君はきっと幸せになると、私が常々言っていたでしょう？　その通りになったのですね。

心配しなくても、私はずっと君の味方です。

なにか悩みごとや相談があれば、いつでも私に手紙をください。

ブライトン局止めでね。

早々　のっぽのおじ様より』

第二章　淑女へのレッスン

ふっと目を覚ますと、寝室の中はぼんやりと薄明るくなっていた。
重いカーテンを下ろした窓越しに、かすかな光が差し込んでいる。
どこかでしきりに雀《すずめ》が囀《さえず》っている。
（いけない、今日は朝ご飯当番だった）
慌《あわ》てて起き上がろうとし、はっとチェルシーは気がついた。
天蓋《てんがい》付きの、スプリングのきいた広々としたベッドに横たわっていた。
そして、隣には美貌《びぼう》の男性がしどけなく寝ている。
（ああそうだ──私は、この方の妻になったんだ……）
ほっとしてシーツに身体を沈め直す。
それから、そっとバーナードの寝顔を窺った。
さらさらした金髪が寝乱れ、前髪が額にかかった顔はひどく若々しく見える。
伏せた長い睫毛《まつげ》が彫りの深い顔に影を落とし、ぞくっとするほど美しい。

(なんて綺麗《きれい》な方なんだろう――朝目覚めたら、こんな美しい男性が側にいるのが日常になるなんて、まるで夢みたい)

うっとり見惚《みと》れていると、バーナードの瞼《まぶた》がふっと開いた。

まだ夢見ているような青い目が、じっとこちらを見つめてくる。チェルシーはどぎまぎして視線を外した。

「――おはよう、チェリー」

少し掠《かす》れた声がまたセクシーだ。

「お、おはようございます」

チェルシーは、寝顔を覗《のぞ》いていたことがばれて気恥ずかしく、急いで身を起こした。

「あ、あの、私、なにかお手伝いします。洗面用のお湯を沸かすとか、ひげ剃《そ》りのシャボンの用意をするとか、なんでも言いつけてください」

男の剝《む》き出しの長い腕が伸び、チェルシーの肩をぐっと引き寄せた。

「あ」

バーナードの裸の胸に倒れ込んでしまい、焦《あせ》った。

「もう少しこうしていよう」

彼はちゅっと軽くチェルシーの唇に口づけした。

「で、でも……」

二度寝するなんて贅沢《ぜいたく》をしたことのないチェルシーは、戸惑《とまど》ってしまう。

「心配ない。朝の仕度は、時間になれば、執事やメイドがしてくれるよ」

「は、はい」

胸の上にチェルシーの頭を乗せたバーナードは、愛《いと》おしそうに彼女の髪を撫《な》でた。

「よかった。目が覚めたら、君が私のものになったことが、夢じゃないかと心配したんだ。でも、君はちゃんとこうして私の腕の中にいる」

彼の言葉は、チェルシーの心の柔らかい部分に優しく染みてくる。

「私のほうこそ——目が覚めたら養護院に逆戻りしているのではないかと、思いました。でも、夢じゃなかった」

「うん」

「嬉しかったです」

「うん」

二人は言葉を失い、しばらく見つめ合った。

チェルシーは心臓がドキドキするのを感じた。

なんだろう。このふわふわと落ち着かない気持ちは。

チェルシーは息苦しくなり、そっと視線を外した。

ふいに、バーナードが柔らかく唇を覆《おお》ってきた。

「ぁ……ん……ん」

撫でるように口唇を擦られ、心地好さに思わず唇を開くと、すかさず舌が忍び込んでくる。

「……ん、んっ」

逃れようとする舌を追いかけて、強く吸い上げられる。甘い痺《しび》れが脳芯に走り、身体の力が抜けてくる。

バーナードの腕が身体を引き寄せ、さらに深い口づけをしかけてきた。

「……は、ふぅ、はぁ……」

くちゅくちゅと淫猥《いんわい》な音を響かせて舌を舐《ねぶ》りながら、バーナードの片手がチェルシーの身体のラインに沿って、ゆっくりと撫で下ろした。

「ふぁ、あ、ぁ……」

口づけの心地好さにぼうっとしているうちに、寝間着の裾《すそ》を捲《めく》り上げられ、手が直《じか》に素肌を愛撫《あいぶ》し始めた。

「なんて柔らかい肌だ、すべすべして触り心地が素晴らしい」

わずかに唇を離したバーナードが、艶《つや》っぽい声でささやく。

ウエストのラインを撫でていた手が上がってきて、そっと乳房に触れた。

「あっ、だめ……っ」

しなやかな指先が乳首に触れてきて、びくっとして身を引こうとすると、耳朶《みみたぶ》や頬や唇に甘い口づけを繰り返され、とろんとしたバリトンの声が言う。

「怖くない――触れるだけだから」

そう諭《さと》されじっとしていると、バーナードの指先が乳首を摘《つま》むように揉み込み、先端を触れるか触れないかのタッチで撫でてくる。あっという間に乳首が凝《しこ》り、弄《いじ》られるたびに悩ましい声が漏れてしまい、恥ずかしくてならない。

「ん、あ、ぁ」

じくじくと甘い疼《うず》きが下腹部に走り、腰がもじついてしまう。

生まれてからこれまで、なんの意識もしてこなかった器官が、バーナードに触れられただけで、淫《みだ》らで心地好さを生むものに変化してしまうことに、戸惑いを隠せない。

寝間着を胸元の上まで捲り上げ、バーナードは柔らかな乳房の狭間《はざま》に顔を埋め、尖《とが》った乳首を口に含んだ。

「あっ、だ、め……それは……っ」

ぬるつく舌先で乳首を弾かれたり吸われたりすると、下腹部の奥がせつなく蠢《うごめ》くのを感じ、それが恥ずかしくて拒絶の声を上げてしまう。

「どうして？　感じてしまうから？」

バーナードは少し意地悪げに言うと、ひりつく乳首に甘く歯を立ててきた。

「あぁん、いや、あぁ……」

きゅっと子宮の奥が甘く縮こまる感じがした。

「いやじゃなく、いい、だろう？　チェルシー、たまらなくなってきた？」

「だめ、そんなこと言わないで、ください……あぁ、もう噛まないで……っ」

どんどん気持ち好くなってしまうのが恥ずかしくて、首をいやいやと振りたてる。

「嘘を言ってはいけない、可愛いチェリー。もっと舐《な》めて欲しい、だろう？」

「あぁ、違います……そんなこと……ぁあ」

口ではそう言うが、乳首を赤く色づくまで舐られると、隘路《あいろ》がきゅんと締まりじわりと濡れてくるのがわかった。

「無垢《むく》なのに、感じやすくて、とてもよいね、私のチェルシー」

バーナードは笑いを含んだ声を出し、手指で乳房をねっとりと揉み解《ほぐ》しながら、熱い舌を胸元から腹へと舐め下ろしていく。

「あ、あぁ、あ……」

バーナードが触れる箇所すべてに、かあっと熱い火が点《とも》るようで、チェルシーは全身をのたうたせて、追いつめてくる快感に耐える。

臍《へそ》の中にまで、尖らせた舌先を押し込められ、ぞくぞく甘く感じてしまう。

「あっだめ、お臍、だめっ」

擽《くすぐ》ったいような焦《じ》れるような感触に、背中を仰《の》け反《ぞ》らせて喘いだ。

「こんな小さなお臍にまで感じるかい？　これはどう？」

臍の周囲を円を描くように舐め回し、悪戯《いたずら》な舌が脇腹のラインを辿《たど》った。

「あぁっっ、あ、だめ、そこも、やぁ……っ」

腰が跳ね、下腹部が蕩《とろ》けそうなほど感じてしまった。

「可愛いチェリー、ここが、そんなに感じるの？」

チェルシーの新たな性感帯を発見したバーナードは、凝った乳首を指で揉み解しながら、ヴァイオリンのような曲線を描く脇腹に沿って、何度も舌を這《は》わせた。

「やあ、も、だめ、しないで、ああ、辛いの、あぁ、だめ……っ」

子宮の奥がざわめき、チェルシーは啜《すす》り泣きのような声を漏らし、身体を波打たせた。

「いいね、君の弱点を探すのは、とても楽しい」

バーナードが面白そうな声を出して、さらに舐めてくるのが憎らしいほど、何度も快感が襲ってくる。

「……ぁあ、だめ、お願い……バーナード、もう、許して……っ」

もはやどうしていいかわからないほど追い込まれたチェルシーは、息も絶え絶えになってバーナードを見つめた。

非難めいた目つきをしようとしたのに、バーナードが顔を上げてこちらを見上げてくると、懇願しているような濡れた眼差しになってしまう。

「どうして欲しいの？」

バーナードが余裕の笑みを浮かべてくるのが、口惜《くちお》しい。

だが、この終わりそうで終わらない追い上げてくるような快感から、どう逃れるのかわからず、子どものように首を振るばかりだ。

「わ、わからない……です。でも、もう……」

淫らにさざめく隘路が、なにかで満たして欲しくて疼くのを感じたが、そんな恥ずかしいことはとても口にできなかった。

無意識に擦り合わせていた内腿の狭間が、ぬるぬるしているのも羞恥に輪をかける。

「昨日のように、指で達《い》かせてあげようか――」

そう言うや否《いな》や、バーナードの手が下腹部を弄った。

「あっ……」

「すごく、濡れているね」

くすっとバーナードが笑うので、恥ずかしくて耳朶まで真っ赤になった。

「意地悪……」

「ふふ、でもチェルシー、君は私の意地悪が、とても好きになるに違いない」

「そ、そんなこと……あっ、あ？」

バーナードの指先が、濡れそぼった花弁《かべん》に触れてくる。綻《ほころ》んだ狭間を指でくちゅりと暴かれた瞬間、あまりの心地好さに腰がびくんと跳ねた。

「昨夜より、もっと濡れている、いいね」

繊細な指先がぐちゅぐちゅと蜜口《みつくち》を掻き回した。

愛液《あいえき》を掬《すく》い上げた指が、濡れた割れ目の上に佇《たたず》む花芽《かが》に触れてこようとした。

「あ、だめ、そこ、だめ……っ」

思わずバーナードの腕に手をかけ、止めようとした。

「どうして?」

「そこは、だめ……だって……」

昨夜、その小さな突起を撫でられて、淫らに喘いでしまったことをありありと覚えていた。そのことを思い出すだけで、秘玉《ひぎょく》がじんと充血するのがわかり、ますます狼狽《うろた》えてしまう。

「おかしくなってしまうから?」

バーナードはそう言うや否や、ぬるりと花芯《かしん》に触れてきた。

「ああっ、あっ」

鋭い喜悦が背中を駆け抜け、チェルシーは身体を強《こわ》ばらせる。昨夜よりもっと感じやすくなっていて、あっという間に達してしまった。

「もう達ってしまった？」

がくがく甘く震えるチェルシーの、脇腹や胸元、乳首、肩甲骨《けんこうこつ》、首筋と、そこら中に口づけの雨を降らせながら、バーナードはぬるぬると秘玉を転がした。

「はぁ、あ、だめ、あぁ、だめ……っ」

そこを擦られる快感は、耐え切れないほど凄まじく、逃げたいと思う反面、腰はもっと濃密な接触を求めるように、淫猥に蠢いてしまう。

「だめじゃないだろう？　こんなにいやらしく膨《ふく》らませて」

耳元でバーナードがねっとりした声でなぶり、充溢《じゅういつ》した花芽を摘んだり小刻みに揺さぶったりした。

「あぁ、あ、やぁ、や、あ、あぁ、いやぁあ」

秘裂《ひれつ》のあわいから、後から後から淫らな蜜が溢れてしまう。

痺れるような喜悦がどんどん高まり、恥ずかしい声を上げないと身体に溢《あふ》れた熱を逃がす術がない。

「あ、もうだめ、あ、バーナード、だめ、あ、達っちゃ……うっ」

耐え切れない快感の頂点に達し、チェルシーは爪先までぴーんと硬直した。膣壁《ちつへき》がなにかを求めて収縮を繰り返し、その欲望を逃そうとぎゅっと太腿《ふともも》を閉じ合わせ、きつくバーナードの手を締め付けた。

「……あぁ、は、はぁ、は……ぁあ……」

せわしない呼吸を繰り返し、快感の余韻に浸っていると、媚態《びたい》の中にぬるりとバーナードの長い指が潜《もぐ》り込んできた。

「あっ、あ……」

飢《う》えたそこが、彼の指を強く咥《くわ》え込み締め付ける。

「まだ狭いけれど、私を欲しそうにひくついているよ」

耳元でいやらしい言葉をささやかれ、チェルシーはバーナードの逞しい胸に顔を埋め、自分の陶酔《とうすい》した顔を見られまいとした。

こんなふうに、徐々に男女の営みのよさを教え込まれていくのだろうか。

怖いような、待ちどおしいような、複雑な感情がチェルシーの胸を掻き乱した。

寝間着を引き下ろされ、柔らかくバーナードの腕に抱かれているうち、徐々に身体の熱が引いていく。

気持ちが落ち着いてきたチェルシーは、バーナードの顎《あご》に額を擦り付け、小さい声で尋ねた。

「あの……バーナードの妻として、私はなにから始めたらよいでしょう」

バーナードが面白そうに言う。

「おや、婚約一日目だというのに、君は生真面目だね。ひと月くらい、ぼーっと過ごしていてもいいのに」

チェルシーは頬を染めながらも、言い返す。

「いいえ、私はバーナードにふさわしい妻になりたいんです――その……お役に立てるように」

バーナードが感じ入ったように微笑んだ。

「君は君のままで、私はいっこうにかまわないんだよ」

チェルシーはむきになって言う。

「わ、私はかまいます。侯爵様の妻になるのだから、きちんとした淑女《しゅくじょ》になりたいんです」

バーナードがぎゅっと肩を抱きしめた。

「なんていじらしいんだ。その気持ちがとても嬉しいよ。そこまで言うなら、私も君を、ロンドン社交界一の貴婦人に育ててみたくなったね」

期待されると、がぜんやる気が湧いてくる。

「お願いします」

「うん。まず、マナーのレッスンだね。それから、ダンスの練習。フランス語も習得した方がいい。教養も深める必要があるね。家庭教師を付けてあげよう。それに、ピアノくらい弾けたほうがいいかもしれない。あと、美顔やマッサージにも通うといい。時間があれば乗馬とか、最近貴婦人の間で流行っている自転車乗りに挑戦するのも、一興だね。ああそれに、君は絵を描くのだったね。絵の勉強も、怠《おこた》ってはいけないよ」

「はい、全部勉強します」

急にやることがどっと増えて、チェルシーは身が引きしまる思いだ。

やる気まんまんのチェルシーの表情を見て、バーナードが苦笑いする。

「でも、チェリー、君が一番やらねばならない大事なことを、忘れないでおくれ」

「え？」

「私を愛してくれることだ」

「あ――」

どきんと心臓が跳ねた。

バーナードには、感謝と尊敬の念はすでに抱いていた。

こうやって抱かれ、淫らな悪戯をされることもだんだん恐怖が薄らいでいる。

ただ、愛するという気持ちは自分ではまだはっきりわからない。

それまで一度も、異性と恋愛することなどなかったからだ。

ただ、「のっぽのおじ様」に対する淡い想いは、確かに恋情といえた。それも、実体のない相手のへの想いだ。

今、自分をしっかりと抱きしめている美しい夫に、心を捧げることができるだろうか。

「どうだね？　チェリー、私を愛してくれるか？」

ひたと見つめてくるバーナードの青い瞳に、チェルシーは魂まで吸い込まれそうな気がした。

心臓が早鐘を打ち、息が上がって苦しい。

「はい……努力します」

声を絞り出した。

バーナードはふっと視線を逸《そ》らし、静謐《せいひつ》な声で言った。

「努力か――私は急がないから、ゆっくりでいい」

きゅんと胸が締め付けられた。

包み込むような心の広い、優しい人。

チェルシーは自分の心の奥に、小さな愛情の種が落ち、そっと芽吹くのを感じていた。


ベッドで朝食を一緒に取ると、バーナードは自分の経営している貿易会社に出勤する準備を始めた。

産業革命の好景気で、亜細亜《アジア》方面から美術品を輸入するバーナードの会社は、多忙を極めているという。

チェルシーはメイドたちに手伝ってもらい朝のドレスに着替え、玄関ホールで彼を見送ろうと中央階段を下りていった。

玄関の扉が開いていて、戸口でバーナードが一人の男性と話し込んでいた。

「あ――」

朝から客人だろうか。

チェルシーが階段の途中で立ち止まって躊躇《ちゅうちょ》していると、彼女の姿に気がついたバーナードが微笑みながら手招きした。

「おや、見送ってくれるのかい？　チェルシー、おいで」

「はい」

ゆっくり階段を下りていくと、バーナードは傍らのスーツ姿の男性に声をかけた。

「ジャック、彼女がチェルシー。私の妻になる女性だ」

スーツ姿の男が、チェルシーの方を向く。

明るい茶色の髪と灰色の目をした、なかなかのハンサムな男性だ。

「おお、あなたが噂《うわさ》のオリエンタル美人ですか。私はジャック・マッコイ男爵。バーナードの会社のパートナーです。よろしく、チェルシー」

気さくな口調で、ジャックが片手を差し出した。

「チェルシー・ミラーと申します。よろしくお願いします」

チェルシーは少し緊張気味で、握手をした。

「おいおいバーナード。とんでもないチャーミングな女性じゃないか！　どこで見初《みそ》めたんだ。君がずっと独身主義を押し通してきたのは、この運命の美女に出会うためだったんだな！」

ジャックは、少し興奮気味でバーナードの胸を肩でつついた。

彼が手を握ったままなので、チェルシーは困惑《こんわく》してバーナードに救いを求めるように目をやった。

「ジャック、君は相変わらず朝から賑《にぎ》やかだな。いつまでも握手していないで、そろそろ出勤しないと、朝の会議に遅刻するぞ」

バーナードがたしなめるように言うと、ジャックは慌ててチェルシーの手を離した。

「おっと、いけない。失礼、レディ。じゃ、私は先に馬車に乗っているよ」

彼は頭をかきながら、戸口から出て行った。

「ちょっと軽薄な奴だが、私の会社の長年の相棒だ。これからよろしく頼むよ」

バーナードの言葉に、チェルシーはうなずいた。

脇に控えていた執事長が、シルクハットと象牙のステッキをそっと差し出す。

「では、行ってくる」

受け取ったバーナードが、そっと顔を寄せてチェルシーの頰に口づけした。

「いってらっしゃいませ」

チェルシーが声をかけると、顔をわずかに離したバーナードが、耳元でささやいた。

「君が見送りに下りてきてくれて、とても嬉しかった。これから、毎朝頼む。仕事が捗《はかど》るというものだ」

「はい」

チェルシーは頬を染めて応えた。

バーナードが出勤してしまうと、チェルシーは早速執事長とメイド長に、自分が今後やるべきことを相談した。

先代からこの屋敷に勤めているという初老の執事長スティーヴは、物腰の柔らかい有能な人物で、アシュレイ侯爵夫人にふさわしい教養を身につけるべく、いろいろ手はずを整えてくれた。

朝目覚めると、ベッドでバーナードと一緒に朝食を取り、彼の出勤を見送ると、午前はマナーとダンスの練習。午後は、日替わりで語学とピアノのレッスン。その合間に、屋敷の部屋割りや、使用人たちの役目を覚え、オーダメイドのドレスやアクセサリーを選んだり、いずれデビューするロンドン社交界の事情などを学んだ。

夕方バーナードが帰宅すると、その日あったことをいろいろ語らいながら晩餐《ばんさん》を取る。

夜は夫婦の寝所で、バーナードと休んだ。

バーナードは深い口づけと愛撫や指戯《しぎ》で、チェルシーの官能を次第に開いていった。

年上の余裕なのか、バーナードは彼女の身体が充分こなれるまで、彼女の処女を散らすことをしなかった。そのおかげで、チェルシーは夫婦の交わりに対する本能的な恐怖が次第に取り払われていったのだ。

そして、バーナードに対する想いは、日々深いものに変わっていった。

めまぐるしいひと月が、あっという間に過ぎた。


その日の午後、チェルシーは語学のレッスンを終えて、居間でスケッチブックを広げていた。まだアシュレイ家の生活に馴染《なじ》むのに精一杯で、じっくり絵を描く余裕がないので、せめて軽いデッサンは怠らないようにと思っていた。

テーブルの上に飾られた、花瓶の白薔薇《しろばら》を描いている時だ。

「おやまあ、この家の者は客人を迎えにも出ないですか？」

凍り付くように冷たい女性の声だ。

チェルシーは、はっとして立ち上がった。

居間の戸口に、少し古風な襟《えり》の詰まったドレスを着た初老の貴婦人が立っていた。

半白の金髪をきっちり結い上げ、ぴったりとレースのスカーフで覆っている。顔立ちは端整だが、灰青色の目つきは険しい。痩《や》せぎすだが背筋はぴんと伸びている。

「あ、失礼いたしました」

チェルシーは見ず知らずの貴婦人に頭を下げ、おそるおそる尋ねた。

「あの——どちら様でしょうか？」

その貴婦人は、ふんと鼻を鳴らした。

「私はアシュレイ夫人です。バーナードの母です」

チェルシーはあっと思った。

（バーナードのお母様が——？）

バーナードから、寡婦《かふ》である夫人はロンドン郊外の別宅に引き籠っており、いずれ正式に結婚する時に紹介すると聞いていた。

よもやその夫人が、単身いきなり屋敷にやって来るとは思いもしなかった。

アシュレイ夫人は、不躾《ぶしつけ》な視線でチェルシーをまじまじと見た。

「おやまあ、噂には聞いていたけれど、随分《ずいぶん》と色変わりな娘さんだこと。世間では、オリエンタリズムとかジャポネズリー《日本趣味》とかが、やたらと流行のようだけれど、我が息子がその流行に乗るほど軽薄とは、思いもしなかったわ」

自分のオリエンタルな容姿をあからさまに言われ、チェルシーは耳朶まで染めて言葉を失う。

「おや、返事がないわね。名乗ることもできないのかしら。言葉が不自由なのですか？」

アシュレイ夫人はずかずかと居間に入ってきた。

チェルシーは一歩後ろに下がり、声を振り絞った。

「チェルシー・ミラーと申します。バーナードに引き取られて、このお屋敷で暮らしております」

「養護院から息子が拾ってきたのね」

まるで犬か猫のような言われ方に、チェルシーは屈辱に唇を噛みしめる。

アシュレイ夫人は見下したような視線を向ける。

「どうやってあなたが息子に取り入ったかは知らないけれど、アシュレイ家は王家の流れを汲《く》む、由緒正しい家系なのです。その高貴な血筋を代々繋げていくことが、当主の務め。亡き夫の名誉のためにも、雑種の血を入れることなど、私が許しません！」

冷酷《れいこく》な言葉に、チェルシーは息が止まりそうになる。

「わ、私は……」

「はっきり言うわ。あなたが息子と結婚することには、私は断固反対します」

「――」

「まあ、でもあなたも引き取られてしまっては、行きどころもないでしょうから――」

ふいにアシュレイ夫人が口調を柔らかくした。

「愛人か使用人としてなら、ここにいるのもかまわないでしょう」

あまりに酷薄《こくはく》なことを言われ、チェルシーは頭ががんがんしてきた。

真っ青になって立ち尽くしているチェルシーを横目に、アシュレイ夫人はビーズの手提げから絹の手袋を取り出し、優雅な仕草で嵌《は》めた。

「言うべきことは言ったので、私は帰ります」

と、そこへ執事長のスティーヴが、慌てた様子で現れた。

「大奥様、おいでになるならお声をかけてくだされば よろしいですのに。今さっき、アプローチで大奥様の馬車をお見かけして、慌てて参上いたしました」

アシュレイ夫人は鷹揚《おうよう》な笑みを浮かべた。

「おやスティーヴ、お久しぶりね。いいのですよ、私はもう帰るから。そこの彼女の顔を見にきただけなの」

スティーヴはチェルシーの顔色を見て、はっと眉をひそめた。

「チェルシー様のことに関しましては、当主様から大奥様にご説明があるまで、黙っているようにとおおせでして」

アシュレイ夫人はくいっと顎を引いた。

「別に説明はいりません。息子も絵画のコレクションにうつつを抜かし、跡継ぎを作ることを忘れていたかと思ったけれど、女性にまで珍品を求めるとは思ってもみなかったわ」

チェルシーは、口惜しさにその場から逃げ出したい気持ちを、必死で抑えていた。

アシュレイ夫人は、そのままゆうゆうと居間を出て行った。

スティーヴはちらりとチェルシーの方を気遣わしげに見たが、急いで夫人の後を追っていった。

居間に誰もいなくなると、チェルシーはふらふらとソファに頽《くずお》れた。

養護院にいる頃から、エキゾチックな容姿のせいで苛《いじ》められていて、ひどいことを言われるのには慣れていた。

だが、これほどまでに直截《ちょくせつ》的に見下され差別的なことを言われたのは初めてで、それがバーナードの実母であるということが、さらにショックに追い打ちをかけていた。

この屋敷に来てひと月、バーナードを始め誰もがチェルシーに好意的で優しかったので、よけいに打ちのめされた。

（私は断固反対します！）

冷然と言い放ったアシュレイ夫人の顔が、脳裏にありありと蘇《よみがえ》る。

（私、浮かれていた……）自分が混血の孤児であることなど、すっかり忘れ果てて、新しい生活に有頂天になっていた）

抑えていた涙が溢れてくる。

泣くまいと、必死で歯を食いしばった。

(泣いちゃだめ――バーナードの言葉を信じて、挫《くじ》けちゃだめよ)


その夜、アシュレイ夫人が突然訪問してきたことを知ったバーナードは、晩餐前にチェルシーの部屋を訪れた。

チェルシーは疲れ切って、ぐったりと長椅子にうつ伏せになっていた。

「チェルシー。入っていいか?」

部屋の入り口で、バーナードが声をかける。

「今は……だめ」

今の自分がどんなに悲惨《ひさん》な表情をしているだろうと思うと、とてもバーナードに合わせる顔がない。

しかし、バーナードはかまわずそのまま入ってきた。

彼は長椅子の端に腰を降ろすと、クッションに顔を埋めているチェルシーの髪をそっと撫でた。

「スティーヴから聞いたよ。母上がいきなり訪れて、君になにかひどいことを言ったらしいね」

チェルシーは顔を上げずに首を振った。

「いいえ、なにも――」

バーナードが小さくため息をつく。

「そんなわけがないだろう。あのきつい性格の母上だ。さぞや辛い言葉を投げられたのではないか？」

「いいえ……ほんとうのことしか、おっしゃられませんでした」

どんな冷酷な人であろうと、バーナードの実母だ。悪《あ》し様《ざま》にいうことだけはすまいと、心に決めていた。

「チェルシー――私の可愛《かわい》いチェリー。どうか、顔を上げてこちらを向いておくれ」

懇願するように言われ、仕方なくそろそろと身を起こして振り返った。

「あまり、見ないでください……私、ひどい顔をしているから」

バーナードがほっとしたように、優しく頬に触れた。

「いやちっとも――とても綺麗だ」

チェルシーは無言で首を左右に振った。

バーナードは、彼女の両肩を包み込むように摑み、まっすぐ自分に向かせた。

「お聞き、チェリー――母上は、由緒正しい公爵家の娘だったんだ。だが、先代の浪費で家が没落し、両親が早死にした母上は、親戚をたらい回しにされ、それは辛い思いをしたらしい」

「まあ……」

チェルシーは冷たい美貌のアシュレイ夫人の顔を思い出す。あの冷徹《れいてつ》な顔の後ろに、思いもかけない人生の苦労を隠しているのだ。

「そんな母上を、父上は見初め、熱烈なプロポーズをしたという。母上も父上に心を捧げ、二人はそれは仲のよい夫婦だったよ。そのため母上は父上が死んでから、アシュレイ家をなんとしても守り抜こうと思ったのだろうね。私が年頃になると、身分の高い家柄の令嬢との見合い話ばかりを持ち込んできたよ」

「そうだったんですか」

それでは、半分しか貴族の血が流れていない自分のことなど、認めてくれるはずもなかった。

うつむいてしまったチェルシーに、バーナードは下から掬い上げるような視線で彼女を見つめた。

「元気をお出し。そうだ、君にいいものを見せてあげよう」

バーナードはチェルシーの手を取り、立つように促した。

「な、なにを？」

「うん、私の秘蔵のギャラリーだ。君がもう少しこの屋敷に馴染んでから、ゆっくり見せてあげようと思っていたが――」

チェルシーは、バーナードに導かれるまま、屋敷の大広間《サルーン》を抜けた。

長い廊下に出て、突き当たりへ向かう。

廊下の途中に、階上に続く狭い階段があった。

「これは、どこへ？」

何気なく尋ねると、バーナードは振り向きもせず答えた。

「ああ、そこは屋根裏部屋の物置きへの階段だ。がらくた置き場になっていて危ないから、君は入らない方がいいよ。それより、こっちだ――」

突き当たりの大きな観音開きの扉を開くと、奥は広くて長い廊下《ロングギャラリー》になっていた。

舞踏会でも開けそうなほどのロングギャラリーの天井は、高い穹窿《ヴォールト》天井になっていて、壁面がたっぷりとしている。

その壁面一面に、豪奢《ごうしゃ》な額縁に飾られた大小の絵画がずらりと並んでいた。

「わ……あ！」

チェルシーは思わず歓声を上げてしまった。

「ラファエロ、ミレー、フェルメールもあるわ！」

思わず駆け出して、壁一面の絵画を見て回った。

古典の有名な画家の絵もあるが、どちらかというとバーナードの好みは現代絵画にあるようで、ヨーロッパの新進気鋭の画家の絵が沢山飾られていた。

「私はね、ドガとかロートレックとか、新しい感覚の持ち主の絵が好きなんだ。このゴッホという画家も、タッチは荒々しいけれど、訴えるものがある。今は無名だけれど、きっと有名になるよ」

後ろに立ったバーナードが、絵を解説してくれる。

「こちらには、日本の浮世絵があるよ。見たことがあるかい？」

「日本の？　いいえ」

バーナードがギャラリーの一角に、チェルシーを連れて行く。

そこには、不思議な風俗を描いた見たこともない画風の絵が、何枚も飾ってあった。

「葛飾北斎《かつしかほくさい》という画家の版画だ。この様式化したシンプルな線と、大胆な色使いが素晴らしいだろう？　写実主義の対極に位置する、昇華し尽くした絵だ」

東洋の見知らぬ国の生活を描写した絵に、チェルシーは引き込まれた。

「実に独創的だ。私は個性あるものが、大好きだ」

ふいにチェルシーは、昼間にアシュレイ夫人に投げつけられた言葉を思い出した。

(絵画のコレクションにうつつを抜かし、跡継ぎを作ることを忘れていたかと思ったけれど、女性にまで珍品を求めるとは思ってもみなかったわ)

とたんに、胸がぎゅっと痛んだ。

鼻の奥がつーんとして、涙で浮世絵がぼやけてくる。

怒りとも悲しみともつかない感情に支配され、声が震《ふる》えた。

「わ……私も、コレクションの、一部なのですか？」

「え？」

バーナードがいぶかしげな声を出す。

チェルシーはくるりと彼を振り返った。

バーナードが、はっと息を呑《の》む気配がした。

チェルシーはほろほろと涙をこぼしていた。すべすべした象牙色の肌に、真珠のような涙の珠が幾つも滑り落ちる。

「バーナードが、私を選んだのは、物珍しかったからですか？　ここに飾られている絵のように、珍しいから、私を選んだのですか？」

バーナードは目をしばたたいた。

「チェルシー――」

チェルシーは涙を拭うこともせず、声を絞り出す。

「わ、私は、それでもこうして引き取っていただいて、過分な待遇を頂いていることを感謝しています。でも――でも、私は浮世絵じゃありません。生きている人間です。コレクションみたいに飾られて、人前に晒《さら》されるのは、屈辱です……！」

バーナードがそっと肩を抱こうとした。

「やはり、母上にひどいことを言われたんだね」

チェルシーは肩を揺すって彼の手を振り払おうとした。だが、バーナードは力を込めて、ぎゅっと彼女を抱きしめた。

「泣かないで――すまない、君を苦しませるつもりではなかった。ただ、絵の好きな君に元気になって欲しくて、ここに連れてきただけなんだ」

「私……」

バーナードは、チェルシーの華奢《きゃしゃ》な背中をあやすように撫で擦る。

「言ったろう？　私は個性的なものが好きだって。私が、母上の持ち込んだ数多の身分の高い令嬢の縁談を断ったのは、君以上に個性的で魅力的な女性はいなかったからだ。それに、君はいつでもまっすぐで、努力家だ。とても生命力に溢れてキラキラしている。ねえチェルシー。私の可愛いチェリー。私がどんなに君を愛しく思い、大事にしたいか、わかってもらえるだろうか」

胸に染みる優しい言葉に、とうとうチェルシーは嗚咽《おえつ》を漏らした。

バーナードの胸元に顔を埋め、肩を震わせる。彼の絹のシャツが涙で濡れた。

「うう……ほんとうに？　バーナード」

「ほんとうだとも。君以外、人生を共にしたいと思う女性はいない」

「バーナード……っ」

チェルシーは自分からバーナードの胸にしがみ付き、咽《むせ》び泣いた。

生まれてこのかた、感じたことのない熱く激しい感情が胸の中に渦巻いていた。

その心を揺さぶる感情は、すべてバーナードに向いている。

彼の声、彼の息、彼の手、彼の肌――その優しさ、すべてを失いたくない、欲しい、と思う。

いつの間に自分の中に育っていたそのくるおしい想いを、チェルシーははっきりと自覚した。

「……好き……」

嗚咽の間から、途切れ途切れにつぶやいていた。

「チェリー――」

背中に回したバーナードの腕に、力がこもった。

「今、なんと言った？　もう一度――」

チェルシーは、泣き濡れた顔を上げ、まっすぐに相手の顔を見つめた。

恥ずかしさもてらいもなく、その言葉は素直に口から出た。

「好きです、バーナード」

「ああ、チェルシー」

その瞬間、噛み付くような口づけをされた。

「ん、ふぅ……っ」

男の熱い舌が、性急唇を割り、歯列から歯茎、口蓋《こうがい》まで激しく貪《むさぼ》った。

「は……ふ、んんぅ、んぅ」

口づけだけで全身が甘く痺れ、手足から力が抜けていく。

バーナードの舌が自分の舌を捕らえると、自ら求めるように絡めていた。

「ん……く、ふ、んんん……」

互いの口唇を味わい、唾液《だえき》を啜り合い、息や魂までも吸い込むほどに深い口づけを交わした。

きつく抱きしめられ、バーナードの体温を一身に感じると、自分の身体の奥深くから熱いものがとろとろと蕩け、幸福感でいっぱいになった。

バーナードに強く舌を吸い上げられると、下腹部がきゅーんと疼き、頭が真っ白になってしまった。

「——チェルシー」

長い口づけの果てに、名残惜しげに唇を離したバーナードは、チェルシーの頬や耳朶に唇を押し付けながら、濡れた声でささやいた。

「愛している——君が、とても好きだ」

「バーナード……」

バーナードの頭を抱え柔らかな金髪に指を埋め、悩ましい吐息を彼の耳朶に吹きかける。

「チェリー――」

バーナードは、壁面にチェルシーの背中を押し付け、首筋から胸元に口づけの雨を降らせた。

ドレスの上衣の釦を外され、コルセットの内側にバーナードの手が滑り込んでくる。

「あっ……」

乳首を直に触れられて、びくりと仰け反った。

その勢いで、胸元に潜《ひそ》ませているピルケースが、ことんと床に落ちた。

「ん？　これは？」

バーナードがピルケースを拾い上げた。

「あ、それは――」

チェルシーが慌てて取り返そうとすると、バーナードがさっと長い腕を上げて彼女の手を避け、そのままピルケースの蓋《ふた》を開いた。

「これは――なに？　マッチのラベル？　なんでこんなものを肌身に付けているのだ？」

バーナードがまじまじと中を見ている。

チェルシーは恥ずかしげにうつむいた。

「あの……昔、人から頂いたものです。とても綺麗な絵なので、取っておいたの。私の大事なお守りです」

「のっぽのおじ様」のことは、チェルシーの心の宝物のようなもので、バーナードにもまだ、秘密にしておきたかった。

「そうなんだ。すまなかったね、大事なものを」

バーナードは蓋を閉じると、ピルケースをそっとコルセットの内側に押し込んだ。

「幸せの青い鳥、だね」

「え……ええ」

チェルシーは記憶の奥底に、なにかが引っかかる気がした。

だが記憶を追う前に、バーナードが床に跪《ひざまず》き、ゆっくりとチェルシーのスカートを捲り上げた。

「あ……だめ……」

押しとどめようとしたが、ストッキングもドロワーズも素早く引き下ろされてしまう。

自分でもわかるほど、股間が濡れ果てている。

バーナードが膝頭にちゅっと口づけした。

「んっ」

それだけで、下肢が妖しく震えた。

バーナードの唇は、そのままゆっくりと太腿に上がってくる。

男の熱い息が太腿の狭間にかかると、淫らな期待で隘路の奥がじんじん痺れた。

バーナードの指が、剝き出しの秘裂をくちゅりと暴いた。

「あっ、やっ……」

「こんなに濡らして――」

バーナードが悩ましい声を漏らす。

「花芽がすっかり尖って、頭を覗かせているよ。花びらも濡れて真っ赤に光って、甘酸《あまず》っぱい香りをぷんぷんさせている」

「いやぁ、言わないで……そんなこと……」

濡れそぼっている秘部を、くまなくバーナードに見られていると思うと、羞恥と淫らな興奮が高まり、全身の体温が上がってくる。

「舐めてあげよう」

そう言うや否や、バーナードの顔が股間に埋められた。

「あぁあっ」

ちゅっと膨れた秘玉に口づけされた。

じんと花芽が痺れ、熱い喜悦がびりびりと脳芯に走った。

「だめっ、そんなところ……舐めちゃ、あ、あぁっ」

窄《すぼ》めた唇で秘玉を強く吸い上げられ、ぬるつく舌先が花芯をくりくりと転がした。

頭が真っ白になるような媚悦《びえつ》が連続して襲い、太腿が戦慄《わなな》いた。

「やめ……あぁ、そんな……あ、あぁ、は、はぁ……っ」

今まで何度も指で愛撫され、鋭敏になった小さな突起は、ぬめぬめと自在に動く舌の刺激に、信じられないほどの快感を生み出した。

「だ、め……痺れて……ぁ、あっ……っ」

チェルシーは背中を仰け反らせ、男の舌の濃密な愛撫に喘いだ。

隘路の奥がざわざわと蠢き、なにかで埋めて欲しいとチェルシーを追いつめる。

「んぅ、はぁ、は、あっ、あぁっ」

瞼をきつく瞑り、巧みな愛撫に耐えた。

秘玉を吸い上げられるたびに、腰がびくんびくんと跳ね、耐え切れない愉悦の連続にチェルシーは悲鳴を上げる。

「だ、め、もう、達ったの……あぁ、だめぇ」

いつもなら、バーナードは花芽を刺激しながら、膣腔《ちつこう》に優しく指を差し入れ、恥骨の裏側辺りの気持ちよい部分を押し上げてくれるのに、今宵は執拗《しつよう》に陰核《いんかく》ばかりを責めてくる。

自分の足の間から、ぴちゃぴちゃと愛蜜が弾ける淫らな水音がひっきりなしに漏れ、恥ずかしさに耳を塞《ふさ》ぎたい。

何度目か強く花芽を吸い上げられ、ぬるつく舌が濡れ果てた媚肉《びにく》をぬちゅぬちゅと掻き回すと、チェルシーは頭が真っ白に染まるような絶頂に押し上げられた。

「んんぅ、んんんーっ」

唇を噛み締め、はしたない嬌声《きょうせい》を必死に堪《こら》えた。

がくりと全身の力が抜け、バーナードの両肩が太腿を強く押さえ付けていなかったら、その場にずるずると頽れてしまっただろう。

「はぁ、は、はぁ……っ」

恐ろしいほど気持ちよかったのに、隘路はまだ物足りなくきゅうきゅう収斂《しゅうれん》し、チェルシーを責め苛《さいな》んだ。

いつものように、奥に指を挿入して深い快感を与えて欲しい――いや、もはや指では物足りない。

もっともっと太く逞しいもので満たして欲しい。

「ああバーナード、私……」

チェルシーはもどかし気に腰をくねらせた。

股間から顔を上げたバーナードが、淫靡《いんび》な眼差しで見上げてくる。

「どうしたの？　チェルシー。まだ足りない？　もっと欲しい？」

チェルシーは頬を上気させ、こくりとうなずく。

「どうして、欲しいの？」

バーナードは、少し意地悪い声を出し、指先で灼《や》け付くように燃え上がっている秘玉を転がした。

「ああっ、あ、も、やあ……っ」

チェルシーはくるおしく身悶《みもだ》えた。

背中を壁面に強く押し付け、全身を羞恥に震わせて懇願する。

「お、願い……バーナード。どうにかして……あぁ……」

恥ずかしくて、それ以上はとても口にできなかった。

バーナードがゆっくりと身を起こした。

頽れそうになったチェルシーの身体を、軽々と横抱きにした。

チェルシーは彼のシャツに縋《すが》り付いた。

バーナードはチェルシーの火照《ほて》った額や頬に口づけを繰り返し、熱のこもった声を出した。

「君のすべてを奪っていいかい?」

その悩ましい声だけで、子宮の辺りが痛いほど疼いた。

「はい……どうか……」

消え入りそうな声で懇願する。

「ああ――もう待たない」

バーナードはギャラリーの隅《すみ》にあった長椅子にまっすぐ向かった。

彼女の身体をそこに仰向けに横たえ、素早く自分のトラウザースを寛《くつろ》げた。

すでに熱く滾《たぎ》ってそそり立つ男性自身を取り出す。

チェルシーのスカートを大きく捲り上げ、両足をM字形に広げ、その間に身体を挟み込ませるようにして、のしかかってきた。

「力を抜いて、息を吐きなさい」

「あ、ああ――バーナード」

彼の首に両手を絡ませ、言われるまま深く息を吐いた。

綻びきった蜜口に、ぬるっと熱い欲望の先端が触れ、何度がくちゅくちゅと浅瀬を掻き回した。

「ん、あ、ぁ」

それだけでも腰が浮きそうに心地好かった。

「挿《い》入れるよ」

そうささやかれた刹那、ぐぐっと剛直が押し入ってきた。

「は、あぁっ」

すっかり濡れそぼった隘路は、さほど困難なく太い屹立《きつりつ》を吞み込んだ。だが、指などとは比べ物にならないくらい太い肉塊の侵入に、チェルシーは息を吞んだ。

「ああ、とうとう君の中に――」

バーナードが感に堪えないという声を出し、一気に最奥《さいおう》まで貫いた。

「痛っ、んんー、んうっ」

狭い隘路が内側から押し広げられ、みしみしと軋《きし》む。

苦痛と圧迫感に、チェルシーは目を瞠《みは》った。

痛みを逃そうと、力任せに男の背中に爪を立てていた。

「全部、挿入ったよ――熱くてきつくて、素晴らしいよ」

根元まで突き入れると、バーナードは動きを止め、深いため息をついた。

チェルシーの中を味わうように、しばらくじっとしている。

「辛いかい？」

耳元で色っぽくささやかれる。

チェルシーは自分の中をを目一杯満たしている男根の脈動を感じ、苦痛より、ついにひとつになれた悦びに胸がせつなくなった。

「少し――苦しいけど……平気です。やっと、あなたの妻になれた気がします……」

「ああそうだ――私だけのものだ。私だけの、可愛いチェリーだ」

ちゅっちゅっと耳朶や首筋に口づけされ、ひとつになったところが燃え上がるように熱くなる。

「動くよ」

バーナードが腰を引き、ゆっくり抜け出ていく。

先端のくびれまで抜き、再びおもむろに押し入ってきた。ぐぐっと最奥を押し上げられ、息が詰まる。

「あ、ああ……」

何度も抽送を繰り返されるうち、次第に疼くような熱い感覚が膨れ上がってくる。

このひと月、バーナードが優しく丁重に隘路を解し、快感を仕込んでくれたおかげで、初めての挿入にも甘く蕩けてくる。

「は、はぁ、はぁっ」

太い肉胴が濡れた媚壁を擦り上げるたび、ぞくぞくと深い愉悦が湧き上がり、はしたない声が漏れてしまう。

「いい――とても気持ちいいよ、君の中は」

バーナードが息を乱し、次第に腰の動きを速めてくる。

「あ、あぁ、あ、んんっ」

バーナードの激しい腰の動きに、チェルシーは意識がどこかに飛ばされそうな気がして、必死に彼の背中にしがみ付いた。

ぐっぐっと最奥を突つかれると、かつて感じたことのない深い喜悦に下肢が痺れてしまう。

「あぁ、あ、バーナード、私……あぁ、あ、なんだか……っ」

「チェルシー、私の可愛いチェリー――感じてきたんだね」

「ん、んんぅ、奥が……痺れて……あ、はぁっ」

「可愛い、可愛くて堪らない――私のチェリー」

バーナードはチェルシーの細腰を抱え込むと、ずちゅずちゅと力強く腰を穿《うが》った。

「や、あぁ、あ、だめ、あ、あぁん」

子宮口まで深く突つかれるたび、頭の中に快感の火花が真っ白に散り、もはや淫らな嬌声を抑えることができなくなった。

せわしなく浅い呼吸を繰り返すと、知らず知らず男の肉茎を締め付けてしまう。

それがバーナードを心地好くさせるようで、彼の声も色っぽく掠れた。

「ふ――堪らないな、君の中、きゅうきゅう締まって――」

「あ、ぁ、バーナードも……いい、の？」

「とてもいい、最高だよ」

感極まったバーナードが、服地越しにチェルシーの胸元を鼻梁で弄り、濡れた口腔《こうこう》が乳首をさぐりあてて歯を立てた。

「あっ、だめっ、あ、あぁっ」

乳首がじんと甘く痺れ、下腹部にさらに熱い刺激を送る。

「や、だめ、も、だめ……んぅ、バーナードっ」

なにか尿意にも似た、耐え切れない熱いものが身体の奥から迫り上り、チェルシーの意識を攫《さら》おうとする。

怖いような終わって欲しいような得体の知れない感覚に、チェルシーはいやいやと首を振った。

「達きそうか？　可愛いチェリー、一緒に達こう」

バーナードは体勢を起こすと、チェルシーの両足を抱え上げ、がつがつと腰を打ち付けた。

ぎしぎしと長椅子が軋んだ。

「は、あ、あ、あぁぁっ」

もはや繋がっている部分が、どこからが自分でどこからがバーナードが判断できなかった。絶頂の熱い大波が、一気に襲ってくる。

「も……あ、あぁぁあっ」

チェルシーはぎゅっと瞼を閉じて仰け反り、ぴーんと全身を強ばらせた。

その直後、バーナードがぶるりと腰を戦慄かせ、熱い飛沫《ひまつ》を最奥へ噴き上げた。

「んん、あ、熱い……あ、ぁあぁ」

何度か深く腰を穿ち、バーナードの白濁《はくだく》の精が一滴残らず注ぎ込まれる。

「ふ……はぁ、は、はぁ……」

一瞬で身体が脱力し、どっと汗が噴き出す。

欲望を出し尽くしたバーナードの熱い身体が、ゆっくりと倒れ込んでくる。

二人は荒い呼吸を繰り返し、しばらくぴったりと繋がっていた。

「――これで、君のすべては私のものになった」

ゆっくりと萎《な》えた陰茎を引き抜きながら、バーナードは感慨深くささやいた。

「愛している、可愛い私のチェリー。もう絶対離さないからね」

「……バーナード」

その言葉は、チェルシーの胸に深く染みた。

「私も……」

まだ気恥ずかしくて、愛しているの言葉は言えなかったが、もはや身も心もバーナードのものになったと、しみじみ感じたのだった。

「親愛なるのっぽのおじ様
私、侯爵様のことがとても好きになりました。

最初は、私の倍も歳が上で、身分も高く裕福な侯爵様に、気後《きおく》れしていたことは事実です。


でも、侯爵様は未熟な私を、優しく導いてくださいます。

とても大事に、愛おしんでくださいます。

私みたいな女のどこが好ましいのか、不思議な気もしますが、彼に選ばれた自分に誇りを持って、侯爵様の妻にふさわしい女性になろうと決心しました。

私の人生は大きく変わりましたが。おじ様に対する敬愛の念は少しも変わりません。

これからも優しく厳しく、見守っていてください

敬具　チェルシー」

「親愛なるチェルシー
君が新しい人生に前向きになって、とても喜んでいます。
侯爵の気持ちに応えて、どうか前向きに幸せになってください。
私はいつまでも、あなたの味方です。

早々　のっぽのおじ様」

第三章　蜜月の日々

「再来月にでも、君のお披露目《ひろめ》パーティーを開こうと思うんだ」

その夜、熱く交わった後、バーナードがチェルシーを腕枕しながら言った。

二人がほんとうの意味で結ばれてから、一週間後のことだった。

「お披露目、ですか？」

チェルシーは、まだ睦言《むつごと》の余韻から覚めず、ぼんやりとしていた。

「うん。親族一同から、主だったロンドン社交界の貴族たちを招待し、君を私の妻だと正式に紹介したいんだ」

一気に正気に戻った。

「わ、私を……？」

「そうだ。秋にはロンドンの社交シーズンが始まる。その前に君をお披露目して、社交界デビューの布石にしたいんだ」

チェルシーの胸に、密やかな不安がこみ上げてくる。

バーナードに愛されてから、自分に対していくらかの自信はついていた。

だが、高貴な人々の視線に晒《さら》され、耐えられるだろうか。

「私なんかが――バーナードに恥をかかせるだけです……」

うつむいてつぶやくと、バーナードがそっと顎《あご》を持ち上げて彼の方に向かせた。

「私は君が私の妻にふさわしいと思ったから、選んだ。選ばれたからには、最高のパートナーになって欲しい。君なら、ロンドン社交界一の淑女になれる。私はそう確信している」

「でも……」

自信なげに視線を逸《そ》らそうとすると、バーナードはきゅっと顎を摑んで顔を振り向かせる。

「いいかいチェリー。私は君が、毎日マナーやダンス、語学の練習に一生懸命に取り組んでいるのを知っている。私が、君のなにに心魅かれるかといえば、その健気に努力する姿勢だ。私に選ばれた自分を、信じなさい」

チェルシーは感動で胸がいっぱいになった。

(この人の期待と信頼に、応えたい)

チェルシーはまっすぐバーナードを見つめ、強くうなずいた。

「わかりました。お披露目パーティーまでに、完璧な淑女《しゅくじょ》になります」

「うん、それでこそ、私の愛しいチェリーだ」

バーナードが満足げにぎゅっと肩を抱いてくれる。

チェルシーは彼の逞《たくま》しい胸に顔を埋め、深く男の芳《かぐわ》しい体臭を吸い込んだ。

（誰かに支えられているって、こんなにも幸せなことなんだわ）

彼女はふっと、「のっぽのおじ様」のことを脳裏に思い浮かべた。

（ああそうだ——「のっぽのおじ様」も、ずっと私のことを励《はげ》まし支えてくださった。私には、支えてくれるひとが二人もいるんだ）

身体の底から新しい力がみなぎってくる気がした。


翌日。

いつものレッスンを終えたチェルシーは、サンルームにイーゼルを立て、久しぶりに油絵に取り組んでいた。

養護院にいた頃に、春の美術展に応募しようと思って描きかけのままになっていた絵を、完成させたいと思った。

（春には間に合わなかったけれど、秋の美術展までには完成させて、こんどこそ大賞を穫りたいわ）

張り切って絵筆を振るっていた時だ。

ばたばたと執事長のスティーヴが、サンルームに入ってきた。

「チェルシー様、大奥様がおいでに――」

「え？」

慌《あわ》てて振り返ると、すでにサンルームの戸口にアシュレイ夫人が立っていた。

春半ばの暖かい気候にもかかわらず、相変わらず襟《えり》の詰まった長袖のドレスをきっちりと着込んでいる。

あの訪問以来、彼女はたびたび予告なく屋敷を訪れ、ねちねちとチェルシーに嫌味を投げつけては帰っていく。

チェルシーは傷つきながらも、愛しいバーナードを生んでくれた女性に対して、敬意と礼儀を失わないようにしていた。それがまた、アシュレイ夫人の勘気《かんき》に触れるようだったが――。

「おやまあ、今日は油絵など描いているのですか？　随分《ずいぶん》と余裕のあること」

チェルシーは急いでパレットナイフを置き、アシュレイ夫人の前に進んで一礼した。

「ようこそおいでくださいました」

その一連の仕草は洗練されており、アシュレイ夫人は驚いたように眉を上げた。彼女は咳《せき》払いしながら言う。

「まあ、淑女の猿真似も随分と上達されたことねえ」

「恐れ入ります」

平静な素振りをした。

アシュレイ夫人の挑発に乗らないこと――チェルシーは自分を戒《いまし》めた。

養護院にも、チェルシーに対して意地悪なシスターがいた。

容姿をからかったり皮肉を言ったりした。チェルシーは悲しい思いをしながらも、忍耐強く我慢をしていた。泣いたり悔しがったりすれば、相手がますます増長することを、チェルシーは学んでいたのだ。

アシュレイ夫人は、ちらりとチェルシーの描きかけのキャンバスに目をやった。

「ああそういえば――」

アシュレイ夫人はいかにも思い出したかのように、背後に控えていたスティーヴに声をかけた。

「昔、バーナードがご執心《しゅうしん》だった侯爵令嬢も、絵をたしなんでいたわよね？　スティーヴ」

チェルシーは胸がどきんとした。

老執事は顔を伏せて控え目に答えた。

「はあ――どうでしたでしょうか」

アシュレイ夫人は聞こえよがしに言う。

「そうよ、バーナードも通っていた、貴族向けの絵画教室で知り合ったのよ。輝く金髪でサファイみたいに青い目、透けるように色が白くて、それはそれは美しい娘さんだったわ。二人は熱烈な恋に落ちたのよ」

チェルシーは脈動が速まるのを感じた。

（バーナードの、かつての恋人……）

チェルシーの表情が強《こわ》ばるのを見て、アシュレイ夫人はほくそ笑む。

「身分も容姿も申し分ない娘さんだったのに、なんで別れてしまったのかしらねぇ。あれ以来、バーナードは女性に見向きもしなくなって……敢《あ》えて正反対の娘を妻にしようとするのは、失恋の痛手のせいかしら」

チェルシーは耳を塞《ふさ》ぎたかった。

（そんな……そんなこと……！）

「お言葉ですが——大奥様」

スティーヴが控え目に口を挟んだ。

「旦那様は、そのような浅はかな考えで結婚をお決めになるような方ではございません。旦那様がどんなにご聡明かは、大奥様が一番わかっておいででしょう」

アシュレイ夫人は不愉快そうに口を噤《つぐ》んだ。

「さあ、大奥様。居間にお茶の用意をさせております。どうぞ、焼きたてのスコーンをお召し上がりください」

アシュレイ夫人の柳眉《りゅうび》が解けた。

「まあ、ここの料理長のスコーンは最高ですものね。頂くわ」

彼女はさっと背中を向けると、勝ち誇ったようにサンルームを出て行った。

チェルシーは呆然《ぼうぜん》と立ちすくんでいた。

スティーヴが遠慮がちに声をかけた。

「チェルシー様、どうか大奥様の話は、お気になさらないでください。すべて、過去の終わった話です」

チェルシーは、老執事のさりげない心遣いに救われる思いだった。

「ええ、わかっているわ。スティーヴ、ありがとう」

スティーヴが会釈《えしゃく》して出て行くと、チェルシーはのろのろとキャンバスの前に戻った。

絵筆を取り上げて、続きを描こうとしたが、心が千々《ちぢ》に乱れて少しも集中できなかった。

(輝く金髪に青い目、白い肌……)

自分よりずっと年上で魅力的なバーナードに、過去に女性関係があってもなにも不思議ではない。そのことは、頭では理解していた。

だが、面と向ってはっきり知らされると、予想以上に心に打撃を受けているのを感じた。

バーナードが恋に落ちたというその女性は、どんなに美しかったのだろう。

頭の中で、想像の美女の姿がぐるぐる渦巻く。

自分と正反対の容姿の大人の女性――。

「いやっ」

考えたくなかった。強く首を振った拍子に、パレットナイフが強くキャンバスに当たり、その拍子にイーゼルががくんと傾いた。

「あっ」

慌てて絵を支える。

何年も使っていた安物のイーゼルの、横材が外れて取れてしまったのだ。

「ああ……」

チェルシーはため息をついた。

嫌なことは重なるものだ。

今日はもう絵は描けないと諦《あきら》め、絵の具を片付け始める。

そのとき、ふと思いついた。

かつてバーナードは絵画教室に通っていたという。では、彼の絵の道具が残っているかもしれない。

（そうだ、物置きに行けば、イーゼルが見つかるかもしれないわ……）

それがバーナードのお古であれば、なおさら嬉しい。

チェルシーは晩餐《ばんさん》前に、屋根裏部屋の物置きを覗《のぞ》いてみようと思った。

アシュレイ夫人が帰った後、チェルシーはロングギャラリーに抜ける廊下に出て、脇の狭い階段を上がっていった。

ほこりくさい軋《きし》む階段を上がり切ると、小さな明り取りの窓が幾つもある屋根裏部屋に出た。

広い屋敷なので、屋根裏部屋も思っていたよりもずっと広い。

塵《ちり》除けの布をかけた不要の家具などが、ずらりと置いてある。

足音を忍ばせ、ゆっくりと部屋の中を散策した。

積み上げた椅子の向こうに、立てかけてある大きな額縁が見えた。

(あの奥にあるかも――)

スカートをからげて、周りに引っ掛けないように進もうとした時だ。

「――そこで、なにをしている?」

低い声が背後からした。

あっと振り返ると、バーナードが立っていた。

会社から帰宅したばかりらしく、まだ上着を羽織ったままだ。

「お帰りなさい――」

声をかけようとして、彼の表情が妙に険《けわ》しいのに気がついた。

思わず口を噤む。

「なにをしている、と聞いているんだ」

チェルシーは小声で答えた。

「あの……イーゼルが壊れてしまって、古いものがないか、と思って」

「こういう場所には入らないよう、私は言っただろう?」

「でも……」

「君はもう、この屋敷の女主人になるのだから、物置きに入るなどと、使用人みたいなまねは、二度としないように」

バーナードに、こんなふうにきつい言葉を投げられたのは初めてだ。なにが彼の逆鱗《げきりん》に触れたのだろう。

昼間のアシュレイ夫人の件や壊れたイーゼルのことといい、気落ちすることばかりが続く。

「ご……めんなさい……」

消え入りそうな声で謝罪すると、バーナードはくるりと背中を向け、先に階段を下り始めた。

「出よう。来なさい」

チェルシーは悄然《しょうぜん》として、彼の後に続いた。

廊下に出ても、バーナードは振り向きもしないでさっさと歩いていく。その背中がひどく遠く思えて、チェルシーはせつなくて涙が出そうになった。

「バ、バーナード……」

声を振り絞って名前を呼ぶと、彼ははっとしたように足を止めた。

「わ、私のなにがいけなかったの？」

泣くまいと唇に力を込めた。

バーナードが振り返った。

表情が固い。

チェルシーは自分が拒絶されたような気がした。

「使用人みたいなまねをしたのは、謝ります。私が育ちが悪いから——」

その後に思わず続けようとした言葉を、チェルシーは必死に呑《の》み込んだ。

(私が淑女らしく振るまえず、子どもっぽい行動をしたのがいけないの？)

バーナードが目をしばたたいた。

「いや、すまない。そんな意味で言ったのでは——」

彼はふいに、いつもの優しい表情に戻った。

さっと近づいてきた彼は、チェルシーの頬を撫《な》でた。

「私の方がずっと年上なのに、つまらない態度を取ってしまった。仕事帰りで疲れていたんだろう。ごめんよ、チェリー」

愛称で呼ばれると、心が鎮まってくる。

こくんとうなずく。

「イーゼルが壊れてしまったんだね？」

うなずく。

「では、新しいものを画材屋に注文してあげよう。そうだ、君の名前を彫《ほ》ってもらおうね」

こくこくとうなずいた。

ずっとこんなふうにバーナードに優しく甘やかされていた。だから、ちょっと叱責《しっせき》を受けただけで、へこんでしまうのだ。

（私、こんなに弱虫じゃなかったはずなのに……バーナードに出会ってから、気持ちの浮き沈みが激しくなって——これが、恋するということなの？　嬉しいことも悲しいことも、感情の針が振り切れてしまうほど、激しい……）

チェルシーは頬に置かれたバーナードの手に自分の手を重ね、そっと自分の唇に導き、掌に唇を押し付けた。

「私……バーナードに嫌われたくないの」

バーナードが目を見開く。

「君を嫌うだなんて――」

チェルシーはぎゅっと彼の手を握りしめた。

「今でもまだほんとうのことと思えないの。あなたみたいな素晴らしい人に愛されて、ここにいるということが。いつか、夢みたいに終わってしまわないか、怖いの」

せつない目で見上げると、バーナードが感じ入ったような柔らかな笑みを浮かべた。

「夢なんかじゃないよ。まだ君は、私を信じていないの？」

チェルシーは首を振る。

「違うの。私は、私自身を信じられないの。こんな、身分も財産もない、なんの取り柄もない娘で、あなたの心を繋ぎ止めておけるのか、自信がないの」

チェルシーは苦しい胸の内を吐露する。

最初から、この屋敷に来る時から、自信はなかった。

バーナードの大きな愛に包まれて、次第に気持ちは和《やわ》らいできたが、自分は異端であるという思いが常にあった。

バーナードがぐっと手を握り返してくる。

「君は君のままでいいと、言ったろう？」

「いいえ、それじゃだめだわ。あなたには身分も世間体もあるのだもの。あなたに恥をかかせるようなことは、したくないの」

「チェリー――」

バーナードは彼女の手を握ったまま、ゆっくり自分に引き寄せた。

「君の一番いけないところを教えてあげよう」

「え？」

「そうだな――こちらへおいで」

バーナードは、ロングギャラリーの方へ導いた。

天井の高い広いギャラリーは、いつも静謐な空気に包まれている。

バーナードは、骨董品を幾つも飾ってある小卓に近づいた。その中から十七世紀に作られた精緻《せいち》な細工の宝石箱型のオルゴールを手に取り、ねじをゆっくり巻いた。

ギャラリーの中に、哀愁《あいしゅう》を帯びたメロディが流れる。

「おいで」

ギャラリーの中央に来ると、バーナードはチェルシーの腰を抱き、右手を持ち上げた。

「お嬢さん、ワルツを踊ってもらえるかな？」

「あ、はい」

突然の申し出になにがなんだかわからないまま、うなずいた。

バーナードが、おもむろにステップを踏み出した。

その滑らかなリードに、チェルシーは息を呑んだ。ダンス教師のリードより、ずっと巧《たく》みでスマートなリードだった。

初めて教師以外の男性と踊るのに、まるで何十年も一緒に踊っている二人のようにぴったりと呼吸があった。

「いいね——君は羽みたいに軽い」

「バーナード……」

胸が躍《おど》った。

ダンスがこんなにわくわくするものだと、初めて知った。

お披露目パーティーに向けて、いかに正確に美しくステップを踏むかだけを必死に勉強してきて、ダンスを楽しむ余裕などなかったのだ。

二人は見つめ合いながら、広いギャラリーを優雅に移動した。

やがてオルゴールのねじが開ききり、曲がふいに止まった。

バーナードがぴたりと足を止める。

チェルシーは息を弾ませながら、彼を見上げた。バーナードは、まったく呼吸が乱れていない。

「どうだった？　私との初ワルツは？」

「素晴らしかったです。あの、すごく楽しかった。いつまでも踊っていたいくらい……」

目を輝かせて答えると、バーナードが深くうなずいた。

「君のステップも完璧だった。この短期間で、よくここまで踊れるようになったね」

「いいえ――バーナードのリードが上手だから……」

「ちがうよ、チェリー」

バーナードがきっぱりと言う。

「君は、ワルツを習得したんだ。ねえ、ここに来たばかりの君は、ワルツを踊ることができたかい？」

「それは……」

「できなかったろう。でも、今は違う。チェリー、君は常に努力して、変わろうとしている。君は自分が成長していることを、自覚してないんだ」

「バーナード……」

「そこが君の一番いけないところだ。君は桜の蕾《つぼみ》が綻《ほころ》ぶように、みるみる花開いていく。素晴らしいことだ。いずれ君は、非の打ちどころのない、私の伴侶になるだろう」

「っ――」

バーナードの真摯《しんし》な言葉は、まっすぐにチェルシーの心に届いた。

「私は……私らしくしていればいいのですね？」

「そうだよ。それだけで、君は自らよりよく変わっていくのだから」

「バーナード……！」

チェルシーは感極まって、思わず彼の首に腕を絡めて抱きついた。

「嬉しい……そう言ってもらえて、嬉しい……！」

「可愛《かわい》いチェリー、なんで君はこんなにも可愛いんだろう」

バーナードが強く抱き返してくる。

「ああバーナード、キスして……」

チェルシーは夢中で彼の唇を求めていた。

初めて自分から口づけをねだった。

バーナードが強く唇を奪ってくる。

「ん、ふ、ぅ……」

舌をきつく絡め合い、息が止まるほど激しく吸い合った。

「あ、ふ、んん、んっ」

バーナードは顔の角度を変えては、深い口づけを繰り返し、チェルシーの背中に手を回し、器用に釦《ぼたん》を外していく。襟ぐりが下げられ、コルセットに押し出された絹のシュミーズに包まれた乳房が飛び出す。

「あっ……は、ぁ」

口づけを続けながら、彼の大きな掌が乳房をゆっくりと揉みしだく。それだけで、下腹部が痛いほど疼《うず》き、股間が恥ずかしいほど濡れてしまうのがわかる。

「んん、あ、んっ」

唾液《だえき》の糸を引きながら唇を離したバーナードが、首筋から鎖骨の窪《くぼ》みにかけて舌を下ろしていく。ぞくぞく背中が震《ふる》え、鼓動が昂《たかぶ》ってくる。

「可愛いチェリー、私のチェリー」

バーナードが欲望をはらんだ声で名前を呼ぶと、全身が淫らな興奮に甘く戦慄《わなな》いた。

「もう堪《たま》らない、君が欲しい――」

バーナードは彼女の細腰を抱えると、壁面に両手を突かせる形にした。

スカートを大きく背中まで捲り上げられ、ドロワーズを引き下ろされると、下肢は太腿まで愛蜜《あいみつ》が滴《したた》るほど濡れ切っていた。

股間をバーナードの手が性急に弄る。

「あっ、はっ……」

熟《う》れた花弁《かべん》をなぞられると、それだけでじんと心地好く痺れてしまう。

「どうしたの？　もうこんなに濡れて――」

バーナードの指が、くちゅりと秘裂《ひれつ》を暴《あば》くと、隘路《あいろ》が物欲しげにきゅうきゅう締まった。

「ああ……だって、バーナード……」

身体がこんなに感じやすくなっているなんて、自分でも信じられない。

バーナードの息づかいを感じるだけで、期待に下腹部が蠢《うごめ》いてしまう。

「私だって――」

彼がチェルシーの片手を摑んで、自分の股間にあてがう。そこはもう、火傷しそうなほど熱く滾《たぎ》っていた。

「ああ――もう、お願い……バーナード」

チェルシーは自ら丸い尻を付き出し、もどかし気に揺すった。後から後から、綻んだ陰《いん》唇《しん》から愛蜜が溢れてくるのが、バーナードからは丸見えだろう。

「チェリー――」

バーナードが密やかなため息をついて、トラウザースの前立てを緩める音がする。そのかすかな衣擦れの音にすら、じわっと甘く感じてしまう。

背後からバーナードが覆い被さってくる。

すぶりと一気に貫かれた。

「あああっ」

一瞬で達してしまい、チェルシーは背中を弓なりに反らして嬌声《きょうせい》を上げた。

「もう――達《い》ってしまったの？」

バーナードが細腰を抱え、ゆっくりとひと突きした。

「はあぁ、あ、あぁ」

再び軽く極めてしまう。

こんなに淫《みだ》らに感じてしまうのは、初めてだった。

「奥が、きゅうきゅう引き込んで——なんていやらしい身体になったんだろう。無垢《むく》な君を私が開かせ、私が全部教えたんだ」

バーナードが感に堪えないといった声を出し、ぐっぐっと力強く抽送を開始した。

「んんぁ、あ、あぁ、深い……っ、あぁ、あ」

深々と抉《えぐ》られるたび、脳芯まで蕩《とろ》けそうなほど愉悦が駆け巡り、猥《みだ》りがましい声が尻上がりに甲高《かんだか》くなる。

「ここが、好きだろう?」

太茎を根元まで突き入れ、子宮口でぐるりと押し回されると、自我が吹き飛びそうなほど感じてしまう。

「あ、だめ、そこ、だめ、強くしたら……あ、あぁっ」

媚壁《びへき》を目一杯押し広げられているのに、呼吸をするたびにぎゅっと肉胴《にくどう》をいやらしく締め付けてしまう。

「きつくて——吸い付いてくる——チェリー」

「……あぁ、あ、痺れて……あぁ、い、いいっ……」

脈動する肉胴がひりつく膣襞《ちつひだ》を擦り上げ、笠の開いた先端が子宮口をぐりぐりと抉ると、凄まじい快感の衝撃に、チェルシーは乱れに乱れた。

最初は、こんな大きくて太いものなどとても受け入れられないと怯えていたのに、今ではすっかり根元まで呑み込み、掻き回される悦びに打ち震えている。

（確かに、初めてこのお屋敷に来た時の私と、全然違う……こんなにも気持ちよくなって、こんなにもはしたなく乱れてしまう……）

なにもかも、バーナードが教え込み、自分を変えた。

知らない世界の扉が、次々と開いていく。

愛される悦び、愛する悦び――バーナードがすべて導いてくれた。

「あぁ、あ、バーナード、もっと……あぁ……」

感極まったチェルシーは、自ら腰を揺らし始めた。

男が腰を繰り出すのに合わせ、尻を付き出すと、子宮口を突き破ってしまうかと思うほど、深々と貫かれ、奥が信じられないほど熱く灼《や》け付いた。

「いいとも、チェリー、もっとだ、もっとしてあげる」

バーナードは腰を小刻みに揺らしたり、ふいに力強く最奥《さいおう》まで突き入れて腰全体を大きく揺さぶったりと、縦横無尽責め立ててくる。

「……あ、あぁ、あ、だめ、すご……い、あぁ、すごい……っ」

ぐらぐらと上半身を揺らしながら、チェルシーは必死に両手を壁面に突っ張った。

激しい律動で、壁面に飾ってある額縁がかたかたと小さく震えるほどだった。

「可愛いチェリー――もっと乱れて、くるってごらん」

バーナードが腰を繰り出しながら、両手で胸元を弄ってきた。尖った乳首をきゅうっと強く摘《つま》まれると、痺れる疼きがさざ波のように子宮口に下りていき、隘路が淫らな収斂《しゅうれん》を繰り返す。

「やぁっ、だめ、あぁぁ、おかしく……なるっ……」

軽い絶頂が繰り返し襲ってきて、耐えられない愉悦にチェルシーは首を振り立てて、啜《すす》り泣いた。

「まだだ、もっとだ――」

乳首を摘んでいた手が、さらに下に滑り降りて股間を弄った。

目一杯男根を呑み込んだ秘裂を、長い指がぬるりとなぞり、ぷっくり膨《ふく》れた秘玉《ひぎょく》に触れた。

「ひあっっ、だめぇ、そこ、だめぇっ」

びくんとチェルシーは腰を浮かせた。

バーナードはがつがつと腰を穿《うが》ちながら、鋭敏な花芽《かが》を擦り上げてきた。

びりびりと雷に打たれたような激しい愉悦が結合部へ走り、チェルシーな身も世もなく泣き叫んだ。

「やああ、許して、あ、だめ、へんになる……また、達く、あ、またぁ……っ」

頭が真っ白になる。

際限なく絶頂を極め、チェルシーはロングギャラリーに響き渡るほどの淫らな嬌声を上げ続けた。

あまりに喘《あえ》ぎ過ぎ、咽喉《のど》がしゃがれてくる。

達し放しで、呼吸困難になりそうだった。

終わらないエクスタシーは、拷問《ごうもん》に近いものだと初めて知った。

「もうやめて……あぁ、お願い……もう、許して……やぁあぁっ」

びしゅっと大量の愛潮を漏らしてしまった。

それを恥ずかしがる余裕も、もうなかった。

溢れた愛蜜と潮を、ちゃぷちゃぷと掻き回すように、バーナードは激しい抽送を繰り返した。

「ひ、はぁ、は、ふぅ、は、はあっ……」

もはや喘ぎ声を漏らすことすらできず、チェルシーは息を弾ませながら、ひくひくとしゃくり上げた。

「可愛いね——我を忘れて泣く君も、とてもいい」

そういうバーナードの声も、差し迫って掠れている。

「ああ出そうだ——出すよ、君の中に——」

チェルシーの細腰を抱えなおしたバーナードは、くるおしい速度で激しい抜き差しを繰り返した。

「んぅ、あ……あぁ……あぁぁあっ」

チェルシーは首を振り立てて声を振り絞った。

感じ過ぎた媚壁が、きりきりと男の灼熱を締め上げる。

「く――っ」

バーナードが低く呻《うめ》き、ぐしょ濡れになった半身がどくんと波打ったかと思うと、チェルシーの最奥で熱い欲望が解き放たれた。

「あぁあ、あぁあ、熱い……ああ、バーナード、バーナード、愛してますっ」

最後の絶頂の渦に巻き込まれ、チェルシーは心のたがを外しその言葉を口にした。

「っ――私も、愛している」

何度か強く腰を打ち付け、バーナードがすべての白濁《はくだく》を注ぎ込む。

「……はぁ、は、はぁ、あぁ……」

強ばっていた全身がふいに弛緩し、チェルシーはぐったりした。

満たされ切った悦びで、まだ醒《さ》めやらぬ濡れ襞が、何度も収縮を繰り返す。

愛情と快楽をたっぷりと注がれ、泣きたいほどに幸せだった。

「――チェリー、こちらを向いて――達した君の顔を見せて」

背後から顎を摑まれ、肩をねじるようにしてバーナードの方を向かされる。

「ぁ……いや……見ないで、恥ずかしいから……」

淫らに陶酔《とうすい》した顔を見られて、羞恥で頬が染まる。

「綺麗だ――君は抱くたびに、美しくなる」

バーナードがうっとりした声を漏らす。

「……あなただから……バーナード」

恥ずかしげにつぶやくと、優しく口づけをされた。

「私だって――君だから、こんなにも」

ぴくりと、まだチェルシーの中に収まっていた男性自身が震えた。

「あっ……また？　……そ、んな……」

再び硬度を取り戻してくる剛直に、チェルシーが戸惑う。

「今度は、ゆっくりと――」

バーナードは緩やかに腰を使いながら、彼女の身体を抱き起こし、繋がったまままぐるりと向かい合わせにした。

「あっ、あぁっ」

最奥を搔き回され、再び達しかけ、チェルシーは悲鳴を上げる。

それでも、愛する人と向き合えた悦びで、しっかりとしがみ付いた。

「あ、あぁ、大好き……バーナード、強く抱きしめて……お願い」

「私も大好きだ。可愛いチェリー」

骨も折れんばかりに強く抱きしめられ、結合がより深まり、チェルシーは滑《なめ》らかな咽喉を仰け反らして深いため息をついた。

「いい……いいの、バーナード……愛している」

彼の耳朶《じだ》に顔を寄せ、何度も繰り返した。

身も心も、バーナードの色に染まり、彼のものだという安心感。

もはや自分の生きる場所は、この腕の中だという確信。

(好きよ、好きです。バーナード。私を離さないで……)

高いロングギャラリーの天井に、悩ましい喘ぎ声が響き続けた。


数日後、アフタヌーンティーを楽しんでいたチェルシーに、突然の来客があった。

バーナードの貿易会社のパートナーのジャックだった。

急いで玄関ロービーに下りていくと、なにか紙包みを持ったジャックが、にっこりと手を振った。

「こんにちは。相変わらず美人ですね、レディ」

「どうなされたの、ミスター・マッコイ。バーナードなら、とっくに出勤したはずですが」

「いや、私はそのバーナードから頼まれて、参上したんですよ」

ジャックが手にしていた紙包みを差し出した。

「今日はバーナードは、取引先との会食で、帰りが遅くなるそうです。で、私にこれをあなたに届けるようにと——」

「あら、なにかしら」

急いで包みを開くと、中から新品のイーゼルが出てきた。

「まあ！」

今まで使ってきたイーゼルとは比べ物にならないほど上等で、折りたたみ式になっている。しかも、横枠の後ろにチェルシーの名前が刻まれてあった。

「嬉しいわ！　これを待ち焦《こ》がれていたの！　ありがとうございます、ミスター・マッコイ」

頬を染めてジャックに微笑みかけると、彼は居心地悪げに肩をすくめた。

「贈ったのはバーナードですが、そんなふうに微笑まれると、私は勘違いしそうだ」

「え？　ミスター？」

イーゼルを開いていていたチェルシーは、意味がわからず首を傾けた。

ジャックは咳払いした。

「私のことは、ジャックでいいですよ」

「はい、ジャックさん」

イーゼルを組み立てたチェルシーは、早くこれにキャンバスを置いて絵を描いてみたいと、わくわくした。

「それ、絵を立てる道具ですよね」

「ええ」

「ふうん――バーナードは、絵を描く女性が好みなのかな――昔の彼女も……」

ジャックは独り言のようにつぶやいた。

チェルシーは心臓がどきんと跳ね上がった。

（昔、バーナードがご執心だった侯爵令嬢も、絵をたしなんでいたのよね）

アシュレイ夫人の言葉が脳裏に蘇《よみがえ》る。

（過去のことよ――もう、私には関係ないことよ）

そう自分に言い聞かせるのだが、動揺を押し隠すことはできない。

ふいに押し黙ったチェルシーに、ジャックが取りなすように明るく言った。

「ああ、気にしないでください。あいつにだってロマンスのひとつや二つはありましたよ。でも、今はあなた一筋ですから――会社では、ことあるごとにあなたののろけ話ばかりですから。それはもう妬《や》けてしまうくらい、あなたに夢中ですよ」

チェルシーはジャックの心遣いが嬉しかった。

「ありがとうございます。私、大丈夫です。あの人を信じていますから」

ジャックは眩《まぶ》しそうにチェルシーを見た。

「健気《けなげ》ですね。あなたみたいなレディの心を捕らえたあいつが、うらやましいですよ——でも」

ふいに彼は表情を改め、チェルシーの顔をまともに覗き込んだ。

「なにか心配ごとや辛いことがあれば、いつでも私に相談してください。いつでも私に、乗り換えてくださってけっこうですよ」

チェルシーは冗談だと思って、軽くいなした。

「ふふ、ジャックさんて、面白いわ。でも、遠慮しておきます。私にはバーナードしかいませんから」

「これはまた、手ひどくふられてしまった」

ジャックが頭を掻いたので、二人は顔を見合わせて笑った。


遂に、チェルシーのお披露目パーティーの日がきた。

舞踏会場である屋敷の大広間には、すでに大勢の招待客で溢れていた。

紳士淑女たちがそれぞれ夜会服に身を包み、給仕から渡されたシャンパンのグラスを片手に談笑している。

広間の片隅には、この日のために呼ばれた一流の楽団が、会話を盛り上げるような和やかな曲を演奏している。

皆の会話の中心は、もちろんこの日初めてお披露目されるチェルシーのことだ。

「ずっと独身だったハンサムな侯爵の心を射止めたレディ」が、いったいどんな女性なのか、みんな興味津々《きょうみしんしん》であった。


ゆっくりと入浴を済ませたチェルシーは、化粧台の前に座り、お付きのメイドたちに念入りに着付けと化粧を施《ほどこ》されていた。

この日のために特別のドレスを注文した。

膨らんだ短い袖に、深い襟ぐり、高価なレースをふんだんに使った長い裳裾《もすそ》のサテンの豪華なドレスだ。

色はチェルシー象牙色の肌を際立たせる、深い青色。

腰を思い切りコルセットで締め上げ、ふくよかな胸元を強調する。

「まあ、まるで海の泡から生まれたヴィーナスのようですよ」

「こんな見事な細いウエストをもった淑女なんて、ロンドン中探してもおりませんよ」

メイドたちは感嘆して口々に褒め称えた。

髪を結う段になると、ふとチェルシーは思いついた。

「あの……このまま髪を垂らしておくことはできないかしら？」

「え？」

櫛《くし》とピンを手にしていた髪結い係のメイドが、戸惑ったように手を止める。

舞踏会のドレスコードでは、女性は髪を結い上げるのが基本であった。

だが近年、女性の意識改革が進み、先進的な女優や女流作家などは、髪を自然に長く垂らすスタイルを好んでするようになった。

今までチェルシーは、自分のコシのあるストレートな黒髪が嫌いだった。

羽毛のように柔らかくふわふわとカールした金髪に、どれだけ憧れただろう。

けれど、バーナードに愛され自分に自信が出てくると、あんなにも嫌だった顔かたちが、そうでもないと思えるようになったのだ。

髪結い係のメイドは、腰の下まで伸びた烏《からす》の濡《ぬ》れ羽《ば》色の艶《つや》やかな髪をまじまじ見て、うなずいた。

「それはよいアイディアです。こんなさらさらした美しい髪を、きっちり結い上げるなんてもったいないですわ。サイドだけ編み上げて後ろにまとめ、あとは綺麗に垂らしてみましょう」

髪結い係はてきぱきとサイドの髪を編み込み、トップに綺麗に束ねると、ブルーダイアのティアラをそこに載せた。残りの髪に、よい香りのする髪油を塗って丹念に梳《くしけず》った。

「さあできました。髪の色が重いので、敢えてネックレスはお付けにならない方が、華奢《きゃしゃ》な首元が映えてよいでしょう」

チェルシーはまっすぐに鏡を見た。

そこには神秘的な美しさに輝く、文句無しの淑女がいた。

(これが――私)

今までこんなにまじまじと自分の顔を見たことはなかった。

整った美貌が、深い笑みを浮かべて見つめ返してくる。

(大丈夫。バーナードに選ばれた自分に自信を持とう)

チェルシーはゆっくりと化粧台から立ち上がった。

化粧室の扉がノックされ、バーナードが入ってきた。

「チェルシー、そろそろ時間だよ」

「バーナード、お待たせしました」

チェルシーはにっこり微笑んでバーナードを出迎えた。

バーナードは戸口で、こちらを見つめてぽかんと口を開けている。

チェルシーは、なにかまずいことをしたのかと一瞬ひやりとした。ドレスの色だろうか？　それとも斬新な髪型だろうか？

「あの……バーナード？」

「あ、いや、すまない。あんまりに綺麗だったので、驚いてしまったよ」

バーナードが目を細めて近づいてきた。

「その流れる黒髪、素晴らしいね。最高だよ、私のチェリー」

チェルシーは頬を染めた。

そういうバーナードこそ、仕立てのよいグレイの燕尾服《えんびふく》がよく似合い、惚れ惚れするほど格好がいい。

「君を見たら、紳士方は臍《ほぞ》を噛み、淑女方は嫉妬《しっと》で卒倒してしまうかもしれないな」

バーナードが優しくチェルシーの手を取った。

「さあ行こうか」

「はい、バーナード」

チェルシーはドレスの長い裾を綺麗にさばいて、バーナードにエスコートされて大広間に向かった。

大広間の裏扉の前に、お仕着せに身を包んだスティーヴが待ち受けていた。

「ああ、お二人とも絵に描いたようにお美しいです。さあ、どうぞお入り下さい」

スティーヴがさっと扉を開き、その歳とは思えないよく通る声を出した。

「ご来場の皆様方。大変お待たせしました。アシュレイ家当主バーナード侯爵と、その婚約者のチェルシー・ミラー嬢でございます」

大広間からわあっと歓声が上がった。

その凄まじい熱気を感じ、チェルシーは一瞬怯《ひる》んだ。

「出るぞ、チェリー」

バーナードが彼女にだけ聞こえる声で言い、しっかりと腕を組み直した。

「はい」

チェルシーは深呼吸をひとつして、ぐっと顎を引いた。

二人はゆっくりと大広間に出て行った。

広間の真ん中を大きく空け、左右にずらりと招待客が並んで出迎えている。

こんなに大勢の高貴な人々の前に出るのは生まれて初めてで、チェルシーは緊張が高まって息が止まりそうだった。

人々の間からどよめきが起こっていることも、耳に入ってこない。

「なんてエキゾチックな美人だろう」

「繊細な人形のように高貴で美しい人だ」

「ごらんなさいな。あんなに艶のあるまっすぐな黒髪、見たことがないわ」

「それに、なんて肌理《きめ》の細かい肌なんでしょう」

「ウエストの見事なこと!」

身体をぎゅっと押し付けているので、チェルシーの動悸《どうき》の速さがバーナードに伝わったのだろう。

彼はそっと声をかけた。

「ごらん、みんな君の美しさに圧倒されているよ。私はこんなに誇らしいことはない」

そう言われて、初めて周囲に目がいった。

誰もが感嘆した表情をしているのに安堵した。

ひょっとしたら、自分の異国風の容貌を非難したり眉をひそめたりする人がいたらどうしようと、不安だったのだ。

いや——一人だけいた。

アシュレイ夫人だ。

彼女は広間の隅の椅子に腰を下ろし、厳然とした眼差しでこちらを睨んでいる。

バーナードの実母ということで、お披露目会にも招待されていたのだ。

だが、今日のチェルシーは怯まなかった。

よそゆきに美しく装ったのと、人々の賞賛のせいかもしれない。

（アシュレイ夫人がちゃんと招待を受けて、来てくださったことを感謝しなくちゃ——いつか、夫人にも認めてもらえるように、これからも努力すればいいんだわ）

二人は大広間の中央で立ち止まり、手を取り合って一礼した。

バーナードは胸を張り背筋を伸ばすと、ぐるりと周囲の客たちを見渡し、澄んだ声で言った。

「今宵は、我が婚約者、チェルシー嬢のお披露目のために、大勢お集りいただき、感謝いたします。私バーナードは、彼女と共にこれからの人生を歩んでいくことを、皆様の前で誓います」

まるで結婚式の誓いの言葉のようで、チェルシーははっと目を見張ってバーナードを見上げた。バーナードは慈しみ深い表情で、うなずく。

「では、最初のワルツをご披露いたしましょう」

バーナードはチェルシーに向き直ると、優雅に一礼した。

「踊ろう、チェルシー」

「はい」

チェルシーも美しく一礼した。

二人は手を絡ませ身体を密着させた。

楽団が演奏を始める。

バーナードは滑るような足取りで踊り出す。

チェルシーはぴったりと彼のリードについていった。

ステップを踏むたびに、チェルシーの長い艶やかな黒髪がふわりと翻《ひるがえ》り、まるで演出さ

れたように美しい。

人々から、ほおっという陶酔したため息が漏れた。

「素敵だよ——私の可愛いチェリー」

「嬉しい……バーナード」

二人は互いの瞳の中を見つめ、いつしか二人だけの世界に入り込み、優美に踊り続けた。

『親愛なるのっぽのおじ様
しばらくお手紙が書けず、ごめんなさい。侯爵様の妻として、学ぶべきことが沢山あり過ぎて、毎日がめまぐるしいです。
でも、私、侯爵様に選ばれて、ほんとうによかった。
侯爵様は、私のありのままを愛してくださいます。侯爵様といると、私はすごく守られていて、安心できます。とても、幸せです。
どうかこの幸福がいつまでも続きますように、おじ様も祈ってください。
チェルシー』
『親愛なるチェルシー
君の手紙を読むたびに、幸せに満ちていくことを、強く感じています。でも、君の幸福は、侯爵様だけではなく、君自身が摑みとったものです。それを心に留め、いつも前向きに明るく生きてください。
私はいつでも、君を見守っています。

のっぽのおじ様より』

第四章　忍び寄る不安の影

お披露目パーティーは大盛況で幕を閉じた。

その日からチェルシーのもとへ、あちこちの貴族の家から、週末の舞踏会やホームパーティーへの招待状が届くようになった。

それは、チェルシーが上流貴族界に認められたということだった。

「どうしましょう、こんなにたくさんのご招待を頂いて……」

困惑《こんわく》してバーナードに相談すると、彼はにこやかに答えた。

「お披露目会以来、社交界は君の噂《うわさ》で持ち切りのようだ。みんな、シバの女王のような君にひと目会いたくて仕方ないんだろう。こういう招待を受けることは、上流階級の社交を広めるためには必要な付き合いなのだが、まだ君が一人で招待を受けるのは大変だろう。私が時間があるときには、一緒に行くことにしよう」

チェルシーはほっとした。

「よかったわ。私一人では、とても……」

バーナードはなにかを考える風に顎《あご》に手を当てた。

「そうだな。君に気のきいた年上の淑女《しゆくじよ》の友人ができればいいのだけれど。そうすれば、彼女と連れ立って、外出することもままなるんだがね」

「そんな方は……」

今まで養護院にいたチェルシーに、貴婦人の知り合いなどいるはずもない。

「うん。それまでは、私がお伴するよ。いずれ、気の合う女友だちもできるようになるさ」

バーナードは励《はげ》ますようにチェルシーの肩を抱いた。


初夏が来ようとする週末のことだった。

パル・マル街の中心に屋敷を構える某公爵夫人からのホームパーティーに、バーナードと二人で参加するため、チェルシーは化粧室で着替えをしていた。

そこに、慌《あわ》ただしい様子でバーナードが入ってきた。手にステッキとシルクハットを持っている。

「あ、もう少し待ってください、バーナード。すぐに仕度を——」

チェルシーがメイドを急がせようとすると、バーナードが軽く手を振って押しとどめた。

「いやいいんだ。すまない、チェルシー。実は港に入荷した骨董品に、いくつか破損があるという連絡が入ったので、私はすぐに出かけねばならない」

「まあ大変だわ。では、今日は残念だけど、舞踏会はお断りします」

「いや、せっかくの公爵夫人の招待だ。行っておいで」

「でも――私一人で……」

「ご心配なく、レディ。私がお伴いたしますよ」

明るい声がして、夜会服姿のジャックがバーナードの後ろから姿を現した。

「まあ、ジャックさんが?」

「うん、会社のトラブルの処理はどうしても私が行かなければ収まらないんだ。代わりに彼にエスコートしてもらいなさい」

「私――」

バーナード以外の男性と外出したことのなかったチェルシーは、少し躊躇《ためら》う。

「おや、私では不足ですか？　そりゃあ、バーナードと比べたら、さすがの私のハンサム度も下がってしまいますがね」

ジャックがからかい気味に言うので、チェルシーは赤面して首を振った。

「ち、ちがうの、そういう意味じゃ……」

「大丈夫だ、チェリー。ジャックとは学生時代からの親友だ。彼は既婚者だし、信頼できる男だよ」

バーナードの言葉で、チェルシーは安堵《あんど》した。

「わかりました。今夜はジャックさんにエスコートしてもらいます」

「おお、役得役得。バーナードの秘蔵の美人のお相手をできるなんて、みながうらやましがること請け合いだ」

ジャックが陽気に笑う。

「では、ジャック、頼む。私はもう行かなければ」

「ああ、任せてくれ」

バーナードはチェルシーの唇に軽く口づけすると、部屋を出て行った。

「ではレディ、ご不満ではありましょうが、この私めがお相手させていただきます」

ジャックがひょうきんに頭を下げたので、チェルシーは噴き出してしまった。

(陽気で明るいジャックさんなら、大丈夫だわ。バーナードの妻になるのだもの、いつまでも引っ込み思案でいてはだめ、社交界へも積極的に出ていかねば――)

仕度をすませ、ジャックと馬車に乗り込んだ。

てっきり向かい合わせに座ると思い込んでいたチェルシーは、ジャックが当然のように隣に腰掛けてきたので、少し戸惑った。

馬車が走り出すと、揺れのせいか、やけに彼が身体を押し付けてくるような気がした。

「――お綺麗《きれい》になられましたね」

ふいにジャックが話しかけてきた。

「あ、あら、ありがとう。きっと、ドレスのせいよ」

チェルシーは含羞《はにか》んで答える。

今日のドレスは、真っ白なチュールレースに覆われた三段になったスカートで、それぞれの縁に綺麗なピンクのリボンを飾り、短い袖にも同じリボンを無数に飾って、清楚《せいそ》なチェルシーの雰囲気にぴったりだ。細いウェストにはきゅっとピンクのサッシュを巻いている。長い艶《つや》やかな黒髪を、サイドだけ複雑に編み込み残りはそのままさらりと垂れ流すヘアスタイルは、いまや彼女のトレードマークだ。

「とんでもない。初めてお会いした時も初々しくて清らかでしたが、ここのところ、ぐっと女性らしくなって――」

「いやだわ、ジャックさん。もうお世辞《せじ》はいいから――」

チェルシーは軽くいなそうとして、ジャックの表情から笑みが消えてるのに気がついた。

「バーナードに、身も心も愛されたせいですかね」

彼の顔が近過ぎると感じ、とチェルシーは窓際に身体ずらした。

胸の上半分まで露出している襟元《えりもと》に、強い男の視線を感じ、チェルシーは徐々に不安になってきた。

「いや、私もあやかりたいですね。愛で女性を美しくさせる美容術でも、流行りませんかねー」

ふいにジャックが弾けたように笑ったので、チェルシーは息を吐いた。

（いけないわ。バーナード以外の男性と外出したことがないから、必要以上に緊張してしまうんだわ）

相手はバーナードの仕事のパートナーだ。自意識過剰だと、自分を戒《いまし》めた。

ほどなく馬車が目的地に到着し、チェルシーはほっとした。

公爵夫人の屋敷は、中世の城をそっくり模したような華麗な建物だった。

公爵夫人はたいそう裕福でありかつ、社交界に顔が広い。貴族たちは皆、彼女のホームパーティーに招待されることを待ちわびているのだ。

次々と招待客の馬車がプロムナードに止まり、夜会服姿の紳士淑女が降りてくる。

チェルシーもジャックにエスコートされて、馬車を降りた。

とたんに、ざわめいていた周囲の空気がぴたりと止まる。

チェルシーの神秘的な美しさに、その場の者すべてが目を奪われた。

感嘆、羨望《せんぼう》、賛美、好奇――様々な視線の嵐に、チェルシーは少し身がすくんだ。

だが、今夜は助けてくれるバーナードはいない。

（おどおどしてはだめ。バーナードの婚約者として、堂々と胸を張って――）

チェルシーは顎をきゅっと引き、ジャックの腕に手をかけて、玄関ロビーに入っていった。

「あら、アシュレイ侯爵のフィアンセの方ね！　お待ちしてたのよ」

今夜の主賓《しゅひん》である公爵夫人が、澄んだ声を上げて近づいてきた。

王家の流れを汲《く》む血筋という公爵夫人は、見事な金髪とすらりとした肢体で、気品に満ちた美貌の持ち主だ。

「今宵はお招きにあずかりまして、ありがとうございます。バーナードはあいにく所用で、こちらにお伺いできません。くれぐれもよろしく、と申しておりました」

チェルシーは優雅に一礼した。

頭を下げると、濡れたような黒髪がさらさらと前に滑り落ち、ひどく蠱惑《こわく》的だ。周囲の視線が、ますます釘付けになる。

「まあ、ご挨拶も堂に入ってられるわ。さすが、あのアシュレイ侯爵の見初めた方だけあるわ」

公爵夫人が機嫌良く微笑んでくれて、チェルシーはほっとした。

チェルシーとジャックは、腕を組んで広間に入っていった。

「素晴らしいですね、あなたは。みんなのあの賛美の眼差し、気がつきましたか？　私まで鼻が高いですよ」

ジャックが声を弾ませる。

チェルシーは上手に挨拶《あいさつ》ができたことで少し緊張が解け、柔らかくジャックに微笑みかけた。

「ありがとう、ジャックさん」

彼が目元をわずかに染めた。

晩餐《ばんさん》会の後は、ダンスやカードゲーム、ビリヤードなど様々な遊興が催された。

チェルシーは終始、にこやかに慎ましく振る舞った。

誰もが彼女に魅了され、特に紳士方は彼女を下にも置かない歓待ぶりだった。

深夜、公爵夫人に感謝の挨拶を済ませると、チェルシーはジャックと共に帰宅の途についた。

馬車に乗り込むと、それまでの緊張が解け、ぐったり座席にもたれ込んでしまった。

「お疲れですか？　ひどい顔色だ」

ジャックが気遣わしげに覗き込んでくる。

「ええ……少し気疲れしたかしら」

チェルシーは弱々しく微笑んだ。

ジャックが痛ましげな表情になった。

「可哀想《かわいそう》に――」

ふいに、ジャックに肩をぎゅっと抱き寄せられた。

チェルシーは一瞬驚きで、身動きできなかった。

「痛々しい――」

彼はさらに強くチェルシーを抱きしめようとした。

「なにをするんです！　離してください！」

チェルシーはあらん限りの力を込めて、ジャックの身体を突き飛ばした。

窓際にぴったり身体を寄せ、肩で息をしながら彼をキッと睨《にら》んだ。

「ぶ、無礼にもほどがあります！」

ジャックは熱のこもった眼差しで、チェルシーを凝視してくる。

「あなたには侯爵夫人という地位は、荷が重いのではないですか？　バーナードの御母堂《ごぼどう》であられるアシュレイ夫人も、あなたたちの結婚には随分《ずいぶん》と反対されていると聞いた。身寄りのないあなたが、バーナードに魅かれるのは仕方ないことなのかもしれないが、人には分相応《ぶんそうおう》というものがある」

チェルシーは、なるだけ冷静な声を出そう努めた。

「おっしゃっていることが、よくわからないわ」

「私は男爵だ。それほど地位は高くないし、バーナードほど裕福ではないが、充分豊かに暮らしていける」

ジャックはおもねるような声を出した。

「私のところに来ませんか？」

チェルシーは呆然《ぼうぜん》とした。

「だ、だって、あなたには奥さんがおありでしょう？」

ジャックは平然と言った。

「妻子はいるが、あなたには別宅をあてがって養ってあげますよ」

チェルシーはますます愕然《がくぜん》とする。

「それって……」

「私の愛人になりませんか？　あなたほど魅力的で美しい女性は見たことがない。大事に可愛がって愛してあげますから。そうすれば、もう社交界の付き合いなどで、心をすり減らす心配もないんですよ」

チェルシーは、腹の底から怒りと悲しみがこみ上げてきた。

「馬鹿にしないでください！」

あまりにきっぱりとした彼女の口調に、ジャックは目を丸くした。

チェルシーはまっすぐ身体を起こし、強い視線でジャックを見据《みす》えた。

「私はバーナードの妻になると決心しています。そのためには、どんな苦労も厭《いと》いません。今の自分の置かれた立場から逃げる気持ちなど、少しもありません。ジャックさん、あなたはバーナードの大事な仕事のパートナーです。今のお話は聞かなかったことにします。もう、二度とこのお話はなさらないで」

彼女の威厳ある態度に、ジャックはたじたじとなった。

彼は気まずそうに咳《せき》払いした。

「その——ちょっと、言ってみただけですよ。そんなに怒らないでください」

馬車ががたんと停止した。

御者《ぎょしゃ》が扉を開けると、チェルシーはジャックの手を借りずに、彼を押しのけるようにして馬車を降りようとした。

「でも、今の話は心に留めておいてください」

ジャックが背後から声をかけたが、チェルシーは振り向きもせず、屋敷に駆け込んだ。

玄関ロビーに入ると、隅《すみ》の小さな椅子に腰掛けて読書をしている、ガウンを羽織ったバーナードの姿があった。彼はチェルシーを見ると、本を側の小卓に置いて立ち上がった。

「お帰り、チェリー。少し遅いから心配していた。パーティーは楽しめたかい？」

バーナードが静かに微笑む。

「バーナード……！」

時刻はとうに午前一時を回っている。彼は寝ないで、玄関先で自分を待ち受けていてくれたのだ。

チェルシーは、愛《いと》しさと哀しさとやるせなさで、胸がいっぱいになった。

思わず彼の胸に飛び込むように抱きついた。

「どうしたの？」

ぎゅっとしがみ付いてくる彼女に、バーナードが心配そうに言う。そっと腕に包み込み、背中を優しく擦ってくれる。

「なにか、あったか？」

「いいえ……いいえ」

チェルシーはぶんぶんと首を振った。

彼の逞《たくま》しい胸に顔を埋めると、湯上がりのシャボンとブランデーの香りが混ざった蠱惑的な匂いが鼻腔《びこう》を満たした。

（ああ……この胸、この香り、この腕――いつでも私を受け入れて愛してくれる人――私にはバーナードしかいない……！）

チェルシーは顔を上げ、潤んだ瞳でバーナードを見つめた。

「バーナード、あなたに会いたかった」

バーナードがクスッと笑う。

「夕方会ったばかりだろう？」

チェルシーは熱っぽい眼差しで彼を見上げ続けた。

「でも、会いたかったの」

バーナードの青い眼に、ふっと欲望の火が点《とも》る。

「チェリー——そんな目で見てはいけない」

そう言うや否や、彼はさっとチェルシーの身体を抱き上げた。

そのまま階段を軽々と上って、夫婦の寝室に向かう。

チェルシーはバーナードの首にきつく両手を回し、彼の首筋や頰に口づけを繰り返した。

「ああ、バーナード、好き……好きよ——愛している」

「チェリー」

バーナードも感極まったように、廊下を進みながら彼女の髪の毛や額に口づけをする。

寝室の扉をもどかし気に開け、二人でもつれ合うようにベッドに倒れ込んだ。

「ん……ふ、んんっ」

二人は互いの唇を夢中で貪った。

バーナードは深い口づけを仕掛けながら、チェルシーのドレスの背中の釦《ぼたん》を外し、上衣をずり下ろす。スカートのフックを外し、かさばるペチコートと一緒に取払い、ドロワーズだけにした。コルセットの紐を緩め、まろやかな乳房を剝《む》き出しにすると、今度はそこへ唇を押し付けてくる。

情欲にせき立てられたためか、バーナードは眼鏡をしたままで、銀のフレームのひんやりした感触が、新鮮な刺激を生んだ。

「あ……っ」

乳首を交互に吸われ、ぬるつく舌先で先端を転がされると、たちまちそこは固く凝《しこ》り、快感を生み出す器官に変わってしまう。

「あ、はあ、は、ぁ……」

薔薇《ばら》色に染まった乳首に軽く歯を立てられると、じんと子宮が甘く疼《うず》き、艶《なま》めかしい喘《あえ》ぎ声が漏れてしまう。

「可愛い声だ――すっかり感じやすい身体になって――」

疼く乳首を指先でこりこり摘《つま》みながら、バーナードの顔は徐々に下に下がってくる。

腹部の括《くび》れをなぞり、臍《へそ》の窪《くぼ》みにまで舌を這わす。

「あっ、あ、だめ、そこ……っ」

びくんと腰が浮いた。

「だめじゃないだろう？　君はお臍が感じやすいんだ。私だけが知っている、チェリーの秘密だ」

バーナードの舌が、執拗《しつよう》に臍の周囲を舐《な》め回す。

「ん、んん、んぅ、あ、あぁ」

むず痒《がゆ》いような痺《しび》れる愉悦が臍から子宮に走り、チェルシーはびくびくと下半身を跳ねさせる。

そんな普段まったく意識しない小さな箇所が、こんなに感じやすい性感帯だったなんて、バーナードに触れられるまで知らなかった。鋭敏な乳首を揉み解されながら、臍を舐《ねぶ》られると、隘路《あいろ》が疼いて淫《みだ》らな蜜がどんどん溢《あふ》れてしまう。

「はぁ、あ、もうやめて……だめ、あ、ぁぁあっ」

もどかしい喜悦が疼き上がり、チェルシーは背中を弓なりに反らして、臍だけで軽く達してしまった。

「……は、ぁ、あぁ、も、許して……」

「ふ――これだけで達《い》ってしまった？　でも、まだだめだ、許さないよ」

すっかりぐったりした彼女の身体を、バーナードはそっとうつ伏せにシーツに倒し、残っていた衣服を全部剝《は》ぎ取ってしまった。

しなやかなチェルシーの全裸が、灯《あか》りを最小限に落としたベッドの上に浮かび上がる。

バーナードはのしかかるようにして、うなじから肩、肩甲骨《けんこうこつ》、背骨へと舌を這わせていく。

「あ、やぁ、擽《くすぐ》ったい、やめて……」

チェルシーが身を捩《よじ》る。

「擽ったいだけ？　感じる？」

お尻の上の窪みを舐り回すと、びくりとチェルシーの腰が浮いた。

「ああ、こんなところも感じる？　まだまだ、君の身体には感じやすい部分が埋もれているね」

バーナードは柔らかな双臀《そうでん》を摑むと、両手で左右に押し開く。

「あっ、やだ……っ、見ないで、そんなところ……っ」

密やかな肉色の窄《すぼ》まりが丸見えになって、チェルシーは肌を桃色に染め上げた。

「可愛いよ、ここも」

バーナードが下先で後ろの窄まりを突つく。

「きゃ、あ、だめ、やめ……て」

そんなところまで舐められるとは思わなかったチェルシーは、羞恥で尻を左右に振って逃れようとする。

「動かないで」

バーナードはがっちりとチェルシーの尻肉を押さえると、後孔の皺《しわ》を伸ばすように、丁重に舐め上げた。

「あ、ああ、だめ、やぁ、あ、やぁ……っ」

擽ったいようななにか熱く痺れるような感覚に、チェルシーは身悶《みもだ》えた。

するとふいにバーナードは、長い指を蜜口《みっくち》にぬるりと滑り込ませた。すでにしとどに濡れ果てていた媚肉《びにく》は、すんなりと指を呑《の》み込んでしまう。

「あ、あぁ、あぁっ」

ぐちゅぐちゅと愛蜜《あいみつ》を掻き回しながら、バーナードは固く窄まった後孔を解すように舐め続けた。

「う……ふぁ、あ、へん、変に……っ」

チェルシーはシーツを握りしめ、迫り上る愉悦に喘いだ。

「お尻を上げて」

バーナードが彼女の腰骨を持ち上げ、膝《ひざ》を付いて尻を突き出させ、猫が伸びをするような格好にした。秘部がすべて丸見えになる形に、チェルシーは恥辱に全身が燃え上がるように昂《たかぶ》るの感じる。

「ああ、もう花びらがすっかり綻《ほころ》んで、とろとろに蜜を流して――」

指を抜いたバーナードは、今度は秘裂《ひれつ》を左右に大きく開き、そこに唇を押し付けた。

ちゅうっと大きく吸い上げられた。

「はあぁ、あぁあぁっ」

鋭敏な花芽《かが》ごと強く吸われ、チェルシーはあっという間に軽く達してしまう。

口腔《こうこう》に秘裂ごと吸い込まれ、舌先でぬめぬめと転がされると、あまりの心地好さに、腰が猥《みだ》りがましく左右に揺れた。濡れた硬い眼鏡のフレームとレンズが、彼の顔の動きに合わせて秘裂を淫らに擦って、それがまた快感に拍車をかける。

「は、はぁ、う、うぅん、んっ」

びくびくと身体を震わせて達してしまっても、バーナードは執拗に痺れ果てた花芯《かしん》をしゃぶり回す。

「もう、も、やぁ、あ、痺れて……あぁ、だめ、だめぇ」

逃げたいようなもっとして欲しいような、矛盾した欲望に身悶え、赤子のような泣き声を上げた。

「泣くほど、好い？」

バーナードは顔を上げ、ひくひく小刻みに肩を震わせるチェルシーの顔を覗き込む。

「……ん、ん、あ、ずるい……私ばかり……私も……あなたに……」

チェルシーが目尻に涙を溜めて、喘ぎ喘ぎ言う。

バーナードは身を起こし、自分のガウンを脱ぎ捨てた。

振り返ったチェルシーは、臍に付きそうなほど反り返った欲望を、濡れた目で見つめる。

「私にも、させてください……」

バーナードはうなずき、今度は自分が仰向けになり、彼女を身体に乗せ上げ、互い違いの体位にした。

バーナードが彼女の内腿を開いて、再び口淫《こういん》を始めると、チェルシーは腰が頽《くずお》れそうになり、ぶるっと震えた。

小さい手で、おずおずと男の屹立《きつりつ》に触れる。

両手で肉胴《にくどう》を包むと、驚くほど太く熱く脈打っている。

ここを口で愛撫するやり方は、バーナードに教わっていた。だが、いつも最初は少しだけ緊張してしまう。

愛おしげに撫でさすってから、そろそろと先端を口に含んだ。濃厚な男の欲望の匂いと、かすかな塩味を帯びた先走り液が口中に広がった。

「ふ……ん、ん、んぅ」

亀頭を括れを舌でなぞり、徐々に咽喉奥《のどおく》まで屹立を呑み込んでいく。

びくびく脈動する裏筋の血管を舌で舐め回しながら、頭を上下に振り立てて、肉胴を口唇で締め付ける。

「あ――チェルシー」

バーナードが密やかなため息をつくのがわかり、彼を心地好くさせているのだと思うと、顎がだるくなるのもかまわず、懸命に舌を動かした。

バーナードはチェルシーの腰を抱え込み、媚肉を舐りながら、指を蜜壷《みつつぼ》の中に押し入れてきた。

「はぁ、ふ、く……っ」

じんじん痺れる花芯を舐め回され、疼く膣襞《ちつひだ》を刺激されると自ら淫らに収斂《しゅうれん》して、バーナードの指をぎゅっと締め付けてしまう。

「ふ――きついね――」

バーナードが、内部で指を鉤状《かぎ》に曲げ、臍の裏側辺りの感じやすい部分を繰り返し抉ると、脳芯まで甘く痺れ、蜜口がきつく締まりっぱなしになる。

「あ、はあ、や、あぁ」

耐え切れず、男根を吐き出して甘く喘いでしまう。

自分の唾液と先走りで濡れた屹立を、細い指で必死に扱《しご》いた。

バーナードはチェルシーの感じやすい部分を、執拗に指で責め続ける。

ぐちゅぬちゅと愛液が泡立って掻き出され、断続的に淫潮を吹き出してしまう。恥ずかしいほど、股間がずぶ濡れだ。

もう口唇《こうしん》奉仕もままならず、チェルシーは甘く喘ぐだけだ。

「やぁ、あ、だめ、も……あぁっ」

バーナードは仕上げとばかりに、膨れた秘玉《ひぎょく》を強く吸い上げた。

「いやぁあ、また……あぁぁあっ」

チェルシーはびくびくと陸に打ち上げられた魚のように、身体をのたうたせて達してしまう。

バーナードが身を起こし、ばっさり前に垂れたチェルシーの金髪を掻き上げ、恍惚《こうこつ》とした表情を覗き込んでくる。

「チェルシー――もっと欲しい？」

チェルシーは潤んだ目でバーナードを見返す。

「意地悪……」

「今夜の私は、君をうんと苛《いじ》めたい気分なんだ」

普段は優しく包み込むように接してくれるバーナードだが、閨《ねや》では時に加虐的に振る舞う。だがその意地悪さも、今では愛おしい。

「……ひどいわ」

「いいから、言ってごらん。君の欲しいものを、言って」

チェルシーは羞恥で目元を赤く染め、欲望に屈し、小声で言う。

「……きて……」

「聞こえないよ」

チェルシーはもはやたまらず、バーナードの腕にしがみ付いた。

「もう、きて。あなたが欲しい……あなたのもので、達かせてほしいの」

口にしてしまってから、あまりの羞恥に耳朶が真っ赤に染まった。

バーナードが待っていたとばかりに、チェルシーの肩を摑んで仰向けに押し倒した。

そのとき、彼は初めて自分が眼鏡を着けたままなのに気がついたようだった。

「おやおや、大事な眼鏡が君の淫らな蜜で、曇ってしまった」

「いやあ、言わないでっ」

恥ずかしい言葉を投げかけられ、さらに媚肉がひくりと戦慄《わなな》いた。

「たまには眼鏡もよい。君のいやらしい部分が、くっきり見える」

「やめて……意地悪……っ」

ぎゅっと目を瞑《つぶ》り、いやいやと首を振った。

濡れそぼった蜜口に灼熱の先端が押し付けられただけで、膣壁《ちつへき》がきゅうっと収縮して、痛いくらいに疼いた。

ぐぐっと雄々しい剛直が根元まで押し入ると、それだけで達してしまう。

「はっ、あぁっ……」

びくびくと全身が震え、媚肉が肉茎をきりきりと締め上げた。

「もう、達してしまったのか？　なんて感じやすい――」

バーナードが息を弾ませ、肉棒をぎりぎりまで引き抜くと、再び最奥まで貫いた。

「はぁあ、あ、あぁ」

ずんと奥を突き上げられると、充溢《じゅういつ》感で身体中に悦びが走る。

「ああいいね――きつくて、熱くて――素晴らしい」

バーナードは両手をシーツに付いて、少し身を起こしてチェルシーの顔を覗き込む。

絹のシーツ一面に艶やかな黒髪が覆い広がり、その海の中に艶めいた滑らかな彼女の肢体がのたうつ様は、あまりに蠱惑的だ。

バーナードが彼女の片脚を肩に担ぐような格好にし、微妙に角度を変えて再び激しく抽送を始めた。

「は、ぁ、ああ、深い……あぁっ」

ひと突きごとにくるおしい快感が深まり、チェルシーはシーツをきつく握りしめ汗ばんだ身体をのたうたせた。

より結合を深めようと、無意識のうちにバーナードの動きに合わせて、腰が前後に揺れてしまう。

「まだ奥へ引き込んでくる——もっと、欲しいんだね」

バーナードは荒々しく唸《うな》り、腰の動きを激しく倍加させていく。

「あ、あぁ、あ、は、あぁぁ……」

あまりに激烈な抽送に、嬌声が途切れ途切れになって、息をつく暇もない。

いつもよりも一段と過酷な責めが延々と続き、チェルシーはもはや何度達してしまったかわからないくらいだった。

「ひ、ひぅ……は、あ、だ……め、ぁ、ぁ……も……」

喘ぎ声がひゅうひゅうと掠れてくる。

「まだ許さない——これはどう?」

バーナードはおもむろに男根を引き抜き、息も絶え絶えになってぐったりした彼女の身体を抱え上げ、四つん這いにさせた。そのまま前のめりに倒れ込みそうなところを、ぐっと細腰を摑まれ、尻を高々と持ち上げられた。

「ほら、濡れた花びらが、物足りなさそうにぱくぱくしている。今夜はひときわくっきり見えるぞ」

綻び切った秘裂を背後からまじまじ見られ、チェルシーは羞恥と興奮で頭が煮え滾《たぎ》りそうだ。

「やぁ……もう……っ」

弱々しく首を振ったとたん、屹立が蜜壷に深々と突き入れられた。

「ああぅううっ」

瞼《まぶた》の裏で喜悦の閃光《せんこう》が弾け、再び絶頂を極めた。

ここまで感じ入ってしまうと、昇りつめた域から降りてくることができず、達きっぱなしになってしまう。

それは快感を通り越して、苦痛にすら思えるほどだ。

「あ、や、もう……やあ、許して……っ」

身を捩《よじ》って四つん這いのまま、前へ這って逃げようとする腰を乱暴に引き戻され、さらにがつがつと腰を穿たれる。

「ひ……ぅ、あ、やぁ、やぁあっ」

チェルシーは腰の下まで流れる黒髪をばさばさと振って、甘く啜り泣く。

「可愛い——壊してしまいほど、可愛いよ」

バーナードの手が下腹部へ下り、陰核《いんかく》を弄ってきた。溢れる愛蜜を塗り込めるように、そこを小刻みに揺さぶられると、激しい快感のうねりが脳芯まで真っ白に灼け切った。

「やぁ、やあぁっ、また、達く……達っちゃうぅ」

チェルシーは耐えきれず、膣壁をきつく収斂させながら、再び絶頂の高波に呑み込まれた。

じゅぶじゅぶと愛潮が噴き出し、シーツに淫らな染みを広げていく。

「際限なく達してしまうね——可愛いすぎる、私のチェリー」

バーナードが身体を前に倒し、体重をかけてチェルシーをシーツに押し倒した。

そして荒い息を耳穴に吹き込みながら、小刻みに腰を抜き差しする。

彼の終焉《しゅうえん》も近いのだ。

「あ、あぁ、バーナード、もう、来て……お願い、一緒に……っ」

びくびくと全身を戦慄かせて、チェルシーが何度目かのエクスタシーを極める。

膣腔全体がうねうねと蠢《うごめ》き、バーナードの欲望を絞り上げた。

「っ——出すよ——っ」

耳元でバーナードが密やかな呻き声とともに、どくんと腰を突き上げた。

最奥で太い肉茎が脈動を繰り返し、熱い精を吐き出した。

「ぁ、あ……熱い……ぁぁあ」

身体の深いところが、バーナードの白濁で熱く満たされる瞬間、チェルシーはこれ以上はないというような、至福の悦びに満たされる。

ぎゅっと目を閉じ、バーナードが二度三度腰を打ち付け、最後のひと雫まで自分の中に注ぎ込むのを、うっとりと感じている。

二人で同時に絶頂を極めるこの瞬間、身も心もバーナードのものであり、彼もまた自分だけのものであるとひしひしと実感できる。

（……好き——大好き……バーナード。あなたの愛を信じている……）


夜半過ぎだった。

二人は寄り添って眠っていた。

ふと、腕枕が外される気配に、チェルシーは目が覚めた。

寝たふりをして窺うと、バーナードがベッドを出てガウンを羽織っている。

（こんな時間に……）

手洗いかと思いきや、バーナードは寝室の奥の洗面所には向かわず、そのまま扉を開けて部屋を出て行った。

（どこへ行くの？）

廊下を遠ざかる足音を聞いていたが、なぜか胸騒ぎがしてきた。

チェルシーは思い切って起き上がり、自分もガウンを羽織り、扉の音を立てないようにして廊下に出た。奥の廊下の角を曲がるバーナードの背中が見えた。

（ロングギャラリーの方だわ）

忍び足でバーナードの後を追った。

バーナードは大広間を抜け、ロングギャラリーに続く狭い廊下に出た。チェルシーは扉の陰からそっと覗く。

バーナードは廊下を途中まで進むと、ふいに脇の狭い階段を上がっていった。

（屋根裏部屋――物置きに⁉）

にわかに心臓の鼓動が速くなる。

（どうして？　あそこへ行かないようにと、私に厳命したのはバーナードなのに……）

真夜中に、彼は屋根裏部屋でなにをしているというのだろう。

チェルシーは階段の下で、しばらく佇《たたず》んでいた。

バーナードが降りてくる気配はない。

チェルシーはさすがに階段を上る勇気はなく、そのまま逃げるように寝室へ戻った。

ベッドに潜り込み、ざわつく胸を押さえた。

(なにか、探し物なのよ)

必死に自分に言い聞かせた。

だが、バーナードが自分に隠しごとがあるかもしれないと思うと、心がちくちく痛んだ。

(ううん。私は彼を信じている。今夜のことは、見なかったことにしよう)

無理矢理目を瞑ったが、なかなか寝付けなかった。

一時間ほどして、バーナードが寝室に戻ってきた。

チェルシーは背中を向けて、眠っているふりをした。

彼が隣に滑り込んできたときも、じっとしていた。バーナードが、こちらを窺う気配を感じた。怪しまれないように、ゆっくりと呼吸する。

やがてバーナードは、静かに眠りについた。

チェルシーは結局、夜明けまでまんじりともできなかった。

それ以来、深夜に寝ないでバーナードを窺っていると、彼が時々ベッドを抜け出ていくのがわかった。

(なんでもないのよ……きっと、なんでもない)

チェルシーは、敢《あ》えてバーナードに問いただすことをしなかった。

真夏になった。

蒸し暑いロンドンを逃れ、多くの貴族たちが郊外のカントリーハウスに避暑に移住してしまうと、街は閑散《かんさん》としてくる。

アシュレイ家も郊外の広大な領地にカントリーハウスを持っていたのだが、貿易会社が順調で、仕事が忙しいバーナードは都会に留まっていた。

「君だけ、避暑に行ってもいいのだよ」

と、バーナードは優しく言ってくれたが、今はまだ彼の側を離れたくはなかった。

秋口になり、貴族たちがロンドンに戻ってきて、秋の社交界シーズンが始まる時に、チェルシーは正式にデビューすることになっていた。

ロンドン貴族の淑女の、正式な社交界デビューというのは、秋の「王宮での初拝謁《プレゼンテーション・アト・コート》」に極まれる。

バッキンガム宮殿に赴《おもむ》き、女王陛下の謁見《えっけん》を賜《たまわ》る儀式である。

そこにデビューして、初めて一人前の淑女と見なされるのだ。

チェルシーを華々しくロンドン社交界に乗り出させ、世間を席巻し、その後満を持して結婚式を執《と》り行おうというのが、バーナードの提案だった。

チェルシー自身には、ロンドン社交界云々《うんぬん》にはそれほど野望はなかったが、由緒正しいアシュレイ家のフィアンセとして振る舞うことには、是非《ぜひ》もないと思っていた。

（バーナードの望むことなら、なんでもしたいわ）

彼との幸せのために努力することは、少しも苦ではなかった。


八月の月末。

朝早く、チェルシーはいつもの習慣で、「のっぽのおじ様」への手紙を出しに、郵便局へ出かけた。

この手紙だけは特別だし、局留めで送るせいもあり、郵便ポストを使わずにいつも郵便局へ自分で出しに行くようにしていた。

中央郵便局を出て、自分の馬車を待たせてあるトラガルファー広場へ向かって歩いている時だった。

広場を横切ろうとして、チェルシーはぎくりと足を止めた。

広場の中央の大きな噴水の側を、背の高い金髪の男女が並んで歩いている。

すらりとした美貌の男性は、バーナードだった。

（この時間は、バーナードはピカデリー通りの会社に行っているはずなのに……）

日傘をさした長身の女性は、三十歳前後か。気品ある柔らかな表情で、青い目の美人だ。

二人はなにごとか親しげに語らいながら、広場を抜けていく。

(なんて仲の好さそうな……)

チェルシーは声をかけることもできず、呆然とした。

通りに出たバーナードとその女性は、辻馬車を止め、二人で乗り込んだ。

馬車が見えなくなっても、チェルシーはそこに立ち尽くしていた。

(背の高い金髪美人……)

それはもしや――。

チェルシーは首を強く振った。

(あり得ない。バーナードの愛を疑うなんて、できないわ!)

ざわつく胸を押さえ、屋敷へ戻った。

心を落ち着けようと、描きかけの絵をイーゼルに立てかけ、筆を取ろうとした。

だが、いてもたってもいられなかった。

ついにチェルシーはスティーヴを呼び、馬車の用意を頼んだ。

「あの――バーナードの会社に行きたいの」

「え? 『B&J商会』へですか? なにかご用向きでも?」

チェルシーは怪訝《けげん》な顔をするスティーヴに、さりげなく答えた。

「バーナードったら、愛用の懐中時計を書斎に忘れていったの。届けるついでに、ちょっとだけ、夫になるひとの仕事ぶりを覗いてみたいの。だめかしら？」

　スティーヴは慇懃《いんぎん》に頭を下げた。

「それはよいお心がけです。先に使いを出して、チェルシー様のご訪問することを旦那様にお伝えしておきましょう」

　チェルシーは慌てて言う。

「いいえ、あの、バーナードをびっくりさせたいの。だから、内緒で、ね」

　スティーヴを納得させ、チェルシーは馬車で会社のあるピカデリー通りへ向かった。

　ピカデリー・サーカス《広場》を中心に広がるこの辺りは、劇場や商店が立ち並び、大勢の人や馬車が行き交い、雑然としているがたいそうな活気に溢れている。

　バーナードの会社は、広場にほど近いところにある煉瓦《れんが》造りの建物だった。

　表に大きく「Ｂ＆Ｊ商会」の看板が出ている。

　扉をそっと開けると、取り付けてあった呼び鈴がちりりんと鳴った。

　入るとすぐ、通りに面して窓を大きく取った広い一室に机が幾つも並んでいて、そこは事務室のようだった。

　手前の机で、シャツの腕を捲《めく》り上げ、ライプライターをものすごい勢いで叩いていた痩せた眼鏡の社員らしい男が、はっと顔を上げる。

「これは――レディ、なにかご用でしょうか？」

チェルシーはおずおず尋ねた。

「――バーナード……アシュレイ侯爵はおいででしょうか？」

男がちらりと部屋の奥の扉に目をやった。

「おりますが、侯爵様は今、来客中でして――」

その時、ふいに奥の扉が開き、弾けるような女性の笑い声が聞こえてきた。

「もう、案外と甘えん坊ね」

「君にしか甘えられないよ、リズ」

背の高い金髪の女性とバーナードが、気さくに笑い合いながら腕を組んで出てきたのだ。

トラガルファー広場で、バーナードと一緒にいた女性だ。

チェルシーは呆然として立ちすくんだ。

にこやかにその女性の方を向いていたバーナードは、ふっと戸口の前のチェルシーに気がついた。

「チェルシー？　君、なぜ、ここに？」

バーナードは意表をつかれたような表情だ。

女性はこちらを見やり、満面の笑みを浮かべた。

「まあ、この方が噂の――」

チェルシーはくるりと背中を向け、扉を開けて外へ飛び出した。

「チェルシー！」

背後でバーナードの呼ぶ声がしたが、かまわず通りに出た。

（嘘――バーナードが他の女性と……！）

心臓がばくばくいい、鼻の奥がつんとして涙が溢れてくる。

バーナードとあの女性の間には、あきらかに他人ではない特殊な親密さが窺われた。

（あの人、私なんかよりずっと品があって、大人で、落ち着いていて……）

ショックで頭が真っ白だった。

「危ない！」

突然、強く腕を摑まれ後ろに引かれた。

あ、と思った瞬間、鼻先を貨物馬車がものすごい速さで通り過ぎていった。

「チェルシー嬢、こんな混雑した通りでなにをなさっているんです？」

呆然と顔を上げると、ジャックが気遣わしげに覗き込んでいた。

どこかの仕事からの帰りらしく、山高帽を被り書類カバンをさげていた。

「あ……私……」

「ここらはパル・マル通りと違い、荒くれ者も多い。お伴の一人も付けずに、あなたみたいなか弱い淑女が、ふらふらするところではありません。どこに行くつもりだったのです？」

チェルシーは首を振った。

「どこも……私、どこかに……ここじゃないとこに、連れて行って……」

錯乱《さくらん》していて、自分でなにを口走っているのかわからない。

ジャックは尋常ではないチェルシーの様子に、通りに手を上げて辻馬車を止めた。

「乗りなさい。私の単身用の部屋がすぐそこにあるから、そこで休むといい」

チェルシーは馬車に押し込まれ、続いてジャックが乗り込んだ。彼は御者に、

「リージェント通り五番のアパートメントへ」

と告げ、馬車が走り出すとぐったりしているチェルシーの肩をそっと抱いた。

チェルシーは頭ががんがん痛み、ジャックに抱かれていることすら意識できなかった。

馬車が止まり、ジャックに抱えられるようにして降り、石造りの大きなアパートメントの螺旋《らせん》階段を上っていく時も、ほとんど記憶がなかった。

ジャックは廊下に並んだ扉のひとつの鍵を開け、チェルシーを連れ込んだ。

こぢんまりとした、机と椅子とチェスト、鉄製のベッドだけの簡素な部屋だった。

「お座りなさい。水を汲《く》んできましょう」

ベッドに座らされたチェルシーは、溢れる涙を拭い、顔を覆った。

(いや、いや、嘘よ、嘘……！)

「バーナード……バーナード……」

自分が声を上げて泣いていることすら、意識していなかった。

「彼となにかあったんですね」

気がつくと、ジャックが隣に腰を下ろし、水の入ったコップを差し出している。

無意識に受け取り、ひと息に飲み干した。

少しだけ、心が落ち着いた。

「……ごめんなさい、ジャックさん。取り乱したりして……」

「いや——あなたこそ、ひどい顔色だ」

ジャックがそっと手を握ってくる。

「やっぱり、あなたとバーナードでは、うまくいきっこない」

チェルシーはびくりとして、身をすくめた。やっと、自分がどこにいるかを意識した。

「お水をありがとう。私もう、大丈夫です。帰ります」

ジャックを押しのけて立ち上がろうとすると、彼がふいに両肩を摑んでベッドに押し倒そうとした。

「きゃっ——なにをするのっ」

声を上げると、ジャックが息を乱した声で言う。

「もう我慢できない——私のものになってください。私ならあなたを幸せにしてあげられる」

唇を奪うつもりか、顔を寄せてくる。

チェルシーは無表情でジャックの顔を見上げた。

（なんだか、もう疲れた……）

今までバーナードの愛を信じて、どんなに辛くても頑張ってきた。だが、それも裏切られたのかと思うと、全身から力が抜けてしまう。

（もう――どうでもいいわ……）

投げやりな気持ちに襲われた。

目を伏せ、ぐったりとして抵抗をやめてしまった彼女に、ジャックが覆い被さろうとしてくる。

その刹那、

『愛しい私のチェリー』

バーナードの言葉が、頭に瞬いた。

チェルシーははっと目を見開いた。そして、正気に戻った。

気がつくと、力任せにジャックの頬を平手で叩いていた。

ぱーんと、小気味好い音が部屋に響いた。

ジャックはあっけにとられたように動きを止める。

「馬鹿にしないで！　私はどんな目に遭《あ》おうと、バーナードを愛していることには変わりないの。他の幸せなんかいらない！」

考えるより先に言葉を発していた。

その瞬間、チェルシーははっきり悟った。

心からバーナードだけを求めているのだと。

呆然として頬を押さえるジャックを振りほどき、チェルシーはベッドから滑り降りた。

「ジャックさん。私は一度警告したわ。このことは、バーナードに告げます」

きっぱり言うと、ジャックの顔色が変わった。

「じょ、冗談だよ、チェルシー」

作り笑いを浮かべて、ジャックがじりじり近づいてくる。

チェルシーは後ずさりしながら、首を振る。

「いいえ、もう胸に納めておくわけにはいかないわ」

ジャックの顔色が変わった。

「君、何様だ。身寄りのない君を、囲ってやろうと言ってやっているのに——君を手に入れて、あいつに一矢報いてやるんだ」

チェルシーは全力で扉まで走った。だが、あと一歩というところで、ジャックの腕がむんずと長い黒髪を鷲摑《わしづか》みにした。

激痛にチェルシーは悲鳴を上げて、立ち止まる。その隙に、背後から羽交《はが》い締《じ》めにされた。

「いやぁ！　離して！　いやあ！」

身を捩ったがびくとも動けない。

「無駄だ。大人しく身を任せた方が、お互いのためだ」

口元をおおわれ、むんずと服地の上から乳房を摑まれた。

「んぅ、うううううっ」

必死でもがくが、男の腕は振りほどけない。

抱きすくめられたまま、ずるずるとベッドの方へ引き摺《ず》られた。

躍起《やっき》になって、口元を押さえているジャックの指に嚙み付いた。

「くっ――」

ジャックが怯《ひる》んだ隙に、渾身の力を込めて身を振りほどこうとした。

「抵抗するな、痛い目に遭うぞ！」

ジャックが凶悪な声を出した。

「――痛い目に遭うのは、君の方だ」

扉口で、静かだが迫力のある声がした。

二人は同時に声のする方を見た。

「バーナード！」

開いた扉の前に、バーナードが寄りかかっている。

走ってきたのか肩で息をし、端整な額にうっすら汗をかいていた。

彼はぞっとするほど冷酷《れいこく》な眼差しで、こちらを凝視している。バーナードの全身から、怒りのオーラが立ち上っていた。

「あ――バーナード――これは、その、ちょっとした行き違いだよ」

ジャックがしどろもどろになった。彼の手の力が緩んだのを感じ、チェルシーはぱっと前へ飛び出し、バーナードの腕に飛び込んだ。

バーナードが力強く抱きかかえてくれる。

「怪我はないか?」

心から気遣わしげな声に、チェルシーはこくこくと何度も首を縦に振る。

バーナードは眼光鋭くジャックを睨みつける。

「ジャック――これはどういうわけだ?」

ジャックは青ざめて唇を噛んだ。それから、ふと思いついたように顔を上げた。

「そ、その――じ、実は、か、彼女が誘ってきたんだ、だから――」

チェルシーは驚いて目を見開いた。

「酷いことを!　違うわ、バーナード!　わ、私はそんなこと……」

言い募るチェルシーに、バーナードは深くうなずいた。

「わかっている。急に駆け出した君を追って通りに出ると、ジャックに辻馬車に連れ込まれているところが目に入った。すぐに私も辻馬車を拾って後を追ったが、渋滞に巻き込まれて立ち往生してしまってね。だが、おそらくここだろうと、当たりを付け、馬車を飛び降りて走ってきたんだ」

密着した彼の呼吸が、まだ荒い。

「ジャック、私は君を親友だと信じていたんだ」

怒りを込めたバーナードの声は、かすかに哀しみを帯びていた。

ジャックは顔を伏せ、震える声で言った。

「親友？　──君にはわからないだろう。常に自分より優れた男が傍《かたわ》らにいるという、劣等感や屈辱感を──」

バーナードがはっと息を呑む気配がした。

「君は、ずっと私をそんな目で──？」

ジャックは悲壮な表情でこちらを睨みつけた。

「君はいつだって、私には手の届かない存在だった。そんな君に寄生しなければ、生きてこられなかった自分が、憎いよ！　会社だって、ほとんど君の力量で大きくしてきたようなものだ。その上に、君は極上の美人を妻として手に入れた──なにもかも手にしている君からひとつくらい、奪ったって罰は当たらないだろう！」

ジャックの声が絶望に満ちていた。

バーナードからみるみる怒りが霧散《むさん》するのを、チェルシーは感じた。

「ジャック――私は、君がずっと好きだった。陽気な君といると、私は自分の生真面目さや堅苦しさが煩《わずら》わしいと思わなくて、とても救われていた」

ジャックが驚いたように目を見開いた。

「バーナード――君は、自分のことをそんな風に？」

チェルシーも胸をつかれるような気がした。

彼女もジャックと同じく、バーナードを完璧な存在だと思い込んでいたところがあったからだ。

バーナードの口調は哀切に満ちていた。

「私はそんなに立派な人間じゃない。君に救われていた部分も沢山ある。『B&J商会』は、君とだから上手くやってこれたんだ。バーナードのB、ジャックのJ、君は私のベストパートナーだった」

ジャックは憑《つ》き物《もの》が落ちたような表情になり、がくりと床に膝を付いた。

「私は――」

彼の肩が小刻みに震える。

バーナードがその背中に感情を押した声で言う。

「私の愛しい妻を手にかけようとした君を、許すことはできない。もはや一緒に会社をやっていくことは叶うまいが――君には妻子もいる、充分な退職金を払う。君が一人で会社を起こしたいというのなら、いくらでも援助しよう」

ジャックは唸《うな》るような泣き声を上げた。

バーナードはそっとチェルシーの腰を引き寄せた。

「行こう――」

二人は泣き崩れているジャックをそのままにし、部屋を出た。

寄り添って無言で階段を下りる。

通りに出たバーナードが辻馬車を拾った。二人で乗り込み馬車が走り出すと、チェルシーは強《こわ》ばった表情で口を噤《つぐ》んでいるバーナードに、思い切って言葉をかけた。

「バーナード……」

そっと彼の手に自分の手を重ねる。

「信じていた者に裏切られるとことは、辛いことだ。それが、私のせいだというなら、なおさらだ」

バーナードが苦渋に満ちた声を出す。

チェルシーは、ぎゅっと彼の手を握りしめた。

「いいえ、バーナード。どんな理由があるにせよ、ジャックの行いは間違っているし、自分の弱さを人のせいにしてはいけないわ」

　バーナードが表情を和《やわ》らげ、チェルシーに振り向いた。

「君には、情けないところを見せてしまったな。君がジャックと馬車に乗り込むのを見たとたん、私は身体中の血が逆流するほど嫉妬《しっと》した。馬車を降りて走る間、自分にこんな激しい感情があったのかと、我ながら驚いたよ」

　チェルシーは首を振りながら、彼に寄り添う。

「いいえ——ほんとうはね、あなたは私よりもずっと大人で完璧過ぎて、少しだけ近寄りがたく思っていたの。でも、あなたの弱さも引け目も知って、ますます愛おしくなったわ」

「チェルシー」

　バーナードが愛おしげに肩を抱いた。

「君がいて、ほんとうによかった。愛している」

「私もよ、愛しているわ」

　どちらからともなく顔を寄せ、啄《ついば》むような口づけを交わした。

　ふっと顔を離したバーナードが、思い出したように言う。

「ところで、君はどうして、事務所からいきなり飛び出していったのだ？」

　チェルシーは耳朶まで真っ赤になった。

「そ、それは……あなたが、ほかの女性と仲良くしているところを見て、いたたまれなくなったの……」

バーナードがぽかんとした表情になった。

「は？」

「正直に話して——私、どんな辛い話でも、聞く覚悟があるから」

チェルシーはひたむきな目で彼を見上げた。

バーナードのことなら、どんなことでも恐れずに知る覚悟ができていた。

「そうか——」

彼は穏やかな表情でうなずいた。

「では、『B&J商会』に着いたら、話そう」

ほどなく『B&J商会』の建物の前に馬車が止まり、バーナードはチェルシーの手を取って事務所の中に入った。

「バーナード、私を置き去りにしていきなり出て行くなんて、ひどいじゃない！」

先ほどの金髪の婦人が、怒り心頭という態で待ち受けていた。

「ごめんよ、リズ。チェルシーを紹介するよ」

リズと呼ばれた婦人は、好奇心いっぱいの表情でチェルシーを見た。

「思っていたより、もっと美しい方ね」

リズと呼ばれた女性はいきなりチェルシーの両手を取って、ぎゅっと握った。

「初めまして！　私、エリザベス・ヒックス。バーナードの妹ですの」

チェルシーは驚いて、目をぱちぱちした。

「え？　あ、バーナードの妹、さん？」

リズは、バーナードとよく似た整った顔をうなずかせた。

「ええ。ずっと夫の仕事の都合でパリにおりましたの。先日帰国したので、バーナードに挨拶に来たのよ。そしたらバーナードったら、いきなりあなたのこと、私にお願いするんだもの」

バーナードがかすかに目元を赤らめた。

「だから、君にしか頼めないと言ったろう」

リズが気さくに微笑んだ。

「わかってるわ、こんなに可愛らしい人なら喜んで。ね、チェルシーさん、これからは夜会など社交界の集まりに、バーナードが忙しい時には、私がご一緒するから」

そういうことだったのだか。

チェルシーは自分の早とちりに、我ながら情けなくて少し涙ぐんでしまった。

「あ、は、初めまして、チェルシー・ミラーと申します。エリザベスさん、どうかよろしくお願いします」

「あらあら、べそかいて、可愛いったらないわ。社交界のことは、私に任せて。わからないことは、なんでも教えて差し上げるから」

アシュレイ夫人と対照的なリズの親しげな態度に、チェルシーは心から安堵《あんど》し、深くうなずいた。

「嬉しいです、ありがとうございます」

「可愛い妹ができて、私も嬉しいわ。あら、でもバーナードとあなたが結婚したら、義姉《あね》になるのかしら。私の方がずっと年上なのに、なんだかへんね」

おどけたリズの口調に、三人は声を上げて笑った。


翌日の夜だった。

バーナードに呼ばれ寝室に赴くと、彼はベッドの縁に腰をかけ、寝酒をたしなんでいた。

ブランデーの南国の花のような香りが、鼻腔《びこう》を擽る。

「珍しいですね、寝る前にお酒を召し上がるなんて」

チェルシーがそっと側に腰を降ろすと、バーナードはグラスの中の琥珀《こはく》色の液体を見つめながら静かに言った。

「今日、ジャックと話し合った」

チェルシーははっとしたが、黙って彼の端整な横顔を見つめていた。

「――彼は、私と別れて、これからは一人でやっていくことになった」

「……そうなの」

チェルシーはかける言葉が見つからなかった。長年、苦労を共にして会社を発展させてきただろう二人の間が、決裂したことに胸が痛んだ。

バーナードはかすかに哀愁を帯びた声で言う。

「今回のことで、互いの腹の内を曝《さら》け出せて、かえってよかったかもしれない。彼は君にも、心から謝罪すると言っていたよ」

バーナードが振り向いた。

「君をいろいろ傷つけてしまった――すまない」

チェルシーは首を横に振った。

「いいえ。あなたを苦しめることになってしまって、私こそ、ごめんなさい」

二人は静かに心を込めて見つめ合った。

そっと唇を寄せる。

「ん……お酒の香りが……」

濃厚な香りに、それだけで酔ってしまいそうだ。ちゅっと音を立てて唇を離したバーナードが、薄く笑う。

「味わうか？」

そう言うや否や、バーナードはブランデーを口に含むと、再び口づけきた。口腔内に熱い酒が注ぎ込まれ、思わずこくんと呑み込んだ。とたんに、かあっと胃の中が熱くなる。

「あ……熱い、わ」

「興奮したかい？」

バーナードは少し酔いの回ったとろんとした表情になり、ふいにチェルシーの身体をベッドに押し倒すと、前合わせになっている夜着の帯びを解き、むしり取ってしまう。

「あっ……」

たわわな乳房がまろび出た。

バーナードはその赤い先端に、グラスの中のブランデーを滴《したた》らせた。

「きゃっ」

一瞬ひやりとしたかと思うと、次の瞬間、乳首がかあっと熱く燃え上がった。

「や、熱い……っ」

「おや、あっという間に色づいて尖ってるね」

バーナードは面白そうな声を出し、両方の乳首にぽたぽたブランデーを滴らせた。

「あ、あぁ」

度数の高い酒のせいで、乳首がひりひりと灼け付き、淫らに凝《しこ》ってしまう。

「酔いやすい、可愛い身体だ」

バーナードが、ぺろりと乳首の酒を舐めとった。

「ああっ」

熱く灼けた乳首は、それだけでじんじんと痺れ、下腹部がきゅうっと疼いてしまった。

「よい反応だな。もっと飲ませてやろう」

バーナードは傍らの小卓の上にあったブランデーの瓶を取ると、それをとぽとぽとチェルシーの身体中に注いだ。

「やぁ、お酒はだめっ……」

滑らかな肌全体に琥珀色の液体が広がり、全身に火が着いたように淫靡《いんび》に熱くなった。

「あ、あぁ、バーナード、熱いの、や……」

むず痒い疼きが全身を犯し、耐え切れずにくねくねと身悶えた。

「南国の花のような香りだ。妖しく私を誘っている」

バーナードはぴちゃぴちゃと音を立てて酒と乳首を丁重に舐める。感じやすい乳首が、じんじんと疼いて、せつない愉悦が迫り上ってくる。

「は、あぁ、あ、だめ、そんなに……舌、だめっ」

乳首を刺激されるたびに媚肉が熱く疼き、ひくひくと妖しく蠢いた。その戦慄《わなな》きだけで、痺れるほど気持ちよくなってしまい、蜜口も秘玉をもどかし気に刺激を求めてざわつく。

「お……願い、あ、しないで、そんなにしないで……っ」

執拗に乳首を舐《ねぶ》られ責められ、チェルシーはもどかし気に太腿を擦り合わせた。だが、バーナードは、素知らぬ顔で乳首をいたぶり続ける。

「やぁ、だめ、あ、だめぇ……っ」

耐え難い疼きが最高潮に達し、チェルシーは背中を弓なりに反らしていやいやと首を振った。

「っ……達っちゃ……あぁ、達っちゃうっ……」

隘路の奥がきゅうっと強く収斂し、せつなく追いつめた。さらに強く乳首を吸い立てられ、チェルシーは思わずバーナードに強くしがみ付いて愛撫を逃れた。

ひくひくと身体を小刻みに震わせ、息を喘がせた。

「はぁ、は、ひどい……あぁ、やめてって、言ったのに……」

「ふふ、胸だけで達してしまったのか？　そんなに感じてしまった？」

バーナードがあやすように背中を撫でた。

「だって、お酒が染みて……私、へんに……」

まだ乳首がじんじん疼き、ブランデーが肌から体内に染み込んだように、身体中が淫らに酩酊《めいてい》している。

「可愛い——チェリー。君をもっとめちゃくちゃにしたい」

身を起こしたバーナードが、閉じ合わせていた太腿を押し開く。

「あっ……」

　そこに溜まっていた大量の愛蜜が、一気にとろりと溢れ出て、シーツに染みを作る。

「すごいね、すぐにも挿入《はい》りそうなほど、濡れている」

　バーナードがくちゅりと秘裂を押し開くと、恥ずかしいのに、淫肉は誘うようにひくりと蠢いてしまう。

「あ、や、見ないで、ああ……」

「熟して真っ赤に色づいている。そう、ブランデー漬けのさくらんぼにしようか」

「え、あっ」

　ぽたぽたと蜜口にブランデーが滴った。

　冷たい液体の感触に腰がびくりと浮いた。が、刹那、あっという間に媚肉に酔いが回り、そこは恐ろしいほどに熱く燃え上がる。

「やあっ、あ、熱いの、あぁ、熱い、あ、あぁ……っ」

　淫欲《いんよく》の劫火が、膣壁全体を灼き尽くす。これまで感じたことのない、くるうような欲望がチェルシーを責め立てる。

「だめっ、あぁ、辛い、あぁ、お願い、なんとか、して……っ」

　自然と腰が浮き、男の刺激を求めて誘うように突き出してしまう。もはや恥も外聞もなく、この疼きを鎮めて欲しいと懇願してしまう。

「お願い、バーナード、お酒を、どうか……あぁ、おかしくなるからっ……」

「ああいやらしくて、可愛いチェリー。すぐに食べてあげよう」

バーナードは劣情を刺激されたように妖しい声を出し、彼女の股間に顔を埋める。そして、ぬめった舌で、ぴちゃぴちゃと　愛蜜まじりのブランデーを舐め啜った。

「はぁぁ、あ、い、気持ちいいっ……あぁ、もっと……」

灼け付く疼きが拭い取られる心地好さに、チェルシーは甘く啜り泣いて身を捩った。

「ああ、ここもぷっくり熟《う》れて、美味そうだ」

ずきずき激しく脈動する秘玉を、ちゅるっと強く吸い上げられ、チェルシーはたちまち達してしまう。

「あぁぁあ、達く……あぁ、もっと、あぁ、吸って……っ」

酩酊した花芽《かが》は、何度吸い上げられても熱を失わず、バーナードはチェルシーの求めに応じて、幾度もそこを吸い上げた。

「ひぁ、ふぁ、あ、また、達く……あぁん、またぁ……っ」

あまりの気持ちよさに、チェルシーはぽろぽろと随喜《ずいき》の涙をこぼしてヨガり泣いた。

数え切れないほど秘玉で達してしまい、とうとう身体が耐えられなくなる。

「もう、やぁ、だめ、あぁぁっ……」

四肢がじーんと痺れ、半ば朦朧《もうろう》としたままぐったりとシーツに身を沈ませた。

はあはあと浅い呼吸を繰り返し、涙目で天蓋《てんがい》を見上げていた。

「こんなに君が乱れるとは――私までおかしくなりそうだ」

バーナードは、脱力しきったチェルシーの腰を抱え上げ、彼女の背中に枕を押し込んだ。

「あ……だめ、もう……っ」

力なく首を振るが、もはや抵抗できない。

どろどろに溶けた蜜口に、バーナードの滾り切った剛直が押し当てられる。そのまま一気に貫かれる。

「あぁ、あ……っ」

いつも挿入時は激しい衝撃を受けるのに、酩酊し切った媚肉は待ってましたとばかりにつるりと肉棒を呑み込み、すんなりと最奥まで受け入れた。そして、灼け付く膣襞が、ぐっと肉胴に絡み付いた。

「っ――チェルシー、これは堪らない」

いつもは余裕あるバーナードが、たちまち追いつめられるほど、チェルシーの媚壁は淫猥に蠢いた。

「んん、んぅ、あ、あぁ……」

意識しないのに、淫襞がきゅうきゅうと収斂《しゅうれん》を繰り返す。

バーナードはしばらく息を整えるように、彼女の中でじっとしていた。

それからゆっくりと、下から突き上げるように腰を繰り出した。

「あぁ、あぁん、あ、は……あ、ぁ」

「すごい――子宮口が降りてきている、吸い付くようだ」

バーナードは息を凝らし、何度も最奥を抉った。

「はぁ、あ、やぁん、あ、あぁっ」

強く腰を打ち付けられるたび、華奢《きゃしゃ》な身体が跳ね、たわわな乳房が猥《みだ》りがましく揺れる。

奥を突つかれるのが堪らなく悦くて、チェルシーは奔放《ほんぽう》な嬌声を上げ続けた。

「よいのか？　チェルシー、奥が、感じる？」

淫らに喘ぎ乱れる彼女の様を、バーナードは感じ入った表情で見つめる。

「んぅ、あぁ、ん、気持ちいい……の、奥が……すごくて……」

「そうか――ここを突かれると、女性は際限なく達してしまうという――君は、それを覚えたのだね」

バーナードはチェルシーの膝裏を抱えると、大きくM字型に足を開かせ、さらに激烈に抽送を開始した。

「ひ、あぁ、また、あ、だめ、あぁ、あぁぁっ」

酔ったせいなのか、身体の奥がどんどん蕩け、達したまま、次々快感が弾ける。恥も外聞もなくヨガリ声を漏らしてしまう。

「……す、好き……あぁ、ん、バーナード、好き、大好き……っ」

「私もだ、愛しいチェリー」

二人は互いに求めるように顔を寄せ、唇を貪《むさぼ》った。

「ふ、はあ、あ、もっと、もっとして……あぁ、もっと……」

「いいとも、好きなだけ――」

バーナードはチェルシーの身体を二つ折りになるほど強くベッドに押し付け、がくがくと腰を振った。

「あぁう、あ、あぁぁ、達く……あぁ、また達く、達くのぉ……っ」

「チェルシー、チェリー――っ」

バーナードの表情にも余裕がなくなり、彼も陶酔し切ってがむしゃらに腰を打ち付けてくる。

「……ぁあああ、あ、もう、もうっ……っ」

「っ――達くぞ、チェリー」

「あ……来てっ、あああ、ぁあああっ」

激しく揺さぶられ、意識が真っ白になった。

ぶるっとバーナードが身震いし、どくどくと熱い精を放つ。

「ん……は、はぁ、あぁ、あぁ……」

バーナードが断続的に腰を打ち付け、白濁《はくだく》の欲望を吐き出すと、チェルシーの腰は自然とぴくぴく跳ね上がり、蜜口がきゅうきゅう締まってすべてを吸い尽くそうとする。

「は――」

深々とため息をついたバーナードが、汗ばんだ身体をゆっくりと倒れ込んでくる。その引き締まった背中に腕を回し、しっかりと抱き付く。

身も心も、バーナードで満たされきった幸福に酔いしれる。

二人の乱れた息、精液と愛液の入り混じった淫猥な香り、濃厚なブランデーの芳香――すべてが渾然《こんぜん》一体となり、二人の回りに官能的な小宇宙を形成した。

『親愛なるのっぽのおじ様

侯爵家に来て半年以上過ぎました。あまりに毎日がめまぐるしくて、あっという間だったような気がします。まだまだ、侯爵様の妻になる自信も自覚も足りませんが、どんな時でも、侯爵様を信じてついていこうと、決心しています。信じていれば、きっと幸せになれますよね？

チェルシー』

『親愛なるチェルシー

この半年、君が日々努力し、頑張っている姿を私はずっと見守っていました。君の真心は、必ず侯爵に届くでしょう。幸せはもうすぐ、目の前ですよ。

のっぽのおじ様より』

第五章　本当の愛を知るとき

夏のバカンスシーズンが終わろうとしていた。

チェルシーは、秋の社交界デビューのための準備に余念がなかった。

特に、「王宮での初拝謁《プレゼンテーション・アト・コート》」へ着て行く宮廷用の衣装には、細かい規定が沢山あり、細心の注意を払って仕立て上げた。

「まあ！　神話の中の女神様みたいよ！　チェルシー」

その日、仕立て屋が最終調整のために訪れたので、チェルシーは化粧室で宮廷用のドレスに着替えていた。

ちょうど訪問していたバーナードの妹エリザベスが、ドレス姿のチェルシーに感嘆の声を上げた。

ドレスの色は白一色と決められている。

レースで縁取ったシルクのペチコートは、裳裾《もすそ》が三メートル以上もある。同じ素材の胴衣は襟《えり》ぐりが深く、袖《そで》は短い。

思い切り腰を締め上げて細くし、ヒップはパニエを入れて盛り上げて女らしさを強調する。

「似合っていますか？　リズ。どこか、おかしいところはないでしょうか」

姿見の前で、チェルシーは何度も自分の姿を確かめる。

「文句なしよ。今季の社交界デビューの令嬢の中では、あなたが飛び抜けて美しいと思うわ。きっと、女王陛下もお褒《ほ》めの言葉をくださるわ。あなたは、秋のロンドン社交界の一番の評判になること、間違い無しだわ」

リズが力強くうなずいたので、チェルシーはぽっと頬を染めた。

本音は、社交界でもてはやされることにはあまり興味はなかった。

だが、バーナードの名誉のためだと思うと、なんとしても立派に社交界デビューを果たしたかった。

ドレスの微調整を済ませ、リズが辞去すると、チェルシーは久々に描きかけの絵を仕上げてしまおうと、サンルームにキャンバスを立てていた。

そこへ、あたふたとスティーヴが駆け込んできた。

「チ、チェルシー様、大奥様がおいでです」

「どうしたの？　そんなに慌《あわ》てなくても……」

チェルシーは笑みを浮かべた。

このごろは、アシュレイ夫人の意地悪や皮肉にも多少は受け流す余裕ができた。

「それが――」

スティーヴが言葉を続けようとすると、

「案内は結構よ、スティーヴ。こちらから参りましたから」

アシュレイ夫人の甲高い声がし、古風なドレス姿の彼女が現れた。

「アシュレイ夫人、ようこそいらっしゃいました」

チェルシーは頭を下げようとして、アシュレイ夫人の後から優雅な足取りで入ってきた貴婦人に目を奪われた。

とろりとしたピンクのサテン地のドレスを着た、目も覚めるような美女だった。歳の頃は、三十歳前後か。美しく巻き髪にした蜜色の金髪、透けるような白い肌、サファイアのような青い目、すっと通った鼻筋に艶々《つやつや》した赤い唇。バストは豊満で、ウエストは折れそうに細い。ラファエロの描く天使か聖母のように神々《こうごう》しく、美麗だった。

彼女は慎ましくおしとやかに目を伏せていた。長い睫《まつ》毛《げ》が透明な頬に影を落とし、色っぽさを演出している。

「あらチェルシーさん、ご紹介するわ。メアリー・アン公爵夫人。先年、旦那様に先立たれて、若くして公爵の位を継がれたのよ。これまでグラスゴーの方におられたのだけれど、秋からロンドン住まいになるとか――ご結婚する前は……」

アシュレイ夫人はわざとらしく言い淀《よど》み、それからゆっくりと告げた。

「かつては、バーナードと婚約寸前までいった方よ」

チェルシーは、ひやりと背中に冷たいものが走った。

メアリー・アンは頬を染め、鈴を転がすような声で言った。

「まあ、お母様。そんな昔のこと、恥ずかしいですわ」

アシュレイ夫人はにこやかに彼女に笑いかけた。

「昔のことだけれど――うちの息子はまだ独り者なの。あなたのことが、忘れられないかもしれないわ」

「ふふ、いやだわ」

二人は、まるで目の前にチェルシーが存在しないかのように、無視して言葉を交わしている。チェルシーは屈辱に唇を噛みしめた。

「大奥様、公爵夫人、居間にお茶の用意をさせましたので、どうぞそちらへおいでください」

スティーヴが気をきかせて、声をかけた。

「あらそうね、ここで立ち話もなんですものね。いきましょうか、メアリー・アン。お久しぶりですもの、一緒にここでお夕食をいただきましょうよ」

アシュレイ夫人が猫撫で声で言うと、メアリー・アンは優雅にうなずいた。

「まぁ、嬉しいこと。久しぶりに、バーナードに会えるのね！」

二人は楽しげに会話をしながら、サンルームを後にした。

チェルシーは呆然《ぼうぜん》と立ち尽くしていた。

「あの――チェルシー様、どうか大奥様のいつもの気まぐれです。お気になさらないように――」

スティーヴが気遣わしげに言う。

チェルシーは声を震わせた。

「あの方が……昔、バーナードが夢中になったというご婦人ね……」

「昔の話でございますよ、チェルシー様」

スティーヴは諭《さと》すように言葉をかけ、そっと退出した。

（なんて美しい人だろう。想像していたより、ずっと綺麗《きれい》な人。上品で華麗で、どこかに危うい初々《ういうい》しさもあって……あんな美女なら、誰だってひと目で恋に落ちてしまう……）

心臓がばくばくいい、足が震《ふる》えてまっすぐ立っていられないほどショックを受けていた。

昔の話だけなら笑って受け流せた。

だが、目の前にかつてのバーナードの恋人が現れて、動揺しないわけにはいかなかった。

しかも、彼女は未亡人になっている——。

(落ち着いて。しっかりするのよ)

チェルシーは必死に自分に言い聞かせた。

その夕方、バーナードが帰宅するまでアシュレイ夫人とメアリー・アンは居座った。

玄関ロビーに入ってきたバーナードを出迎えに、チェルシーが階段を下りていくと、すでにアシュレイ夫人とメアリー・アンがそこにいた。

「バーナード、お久しぶり!」

メアリー・アンは、満面の笑みでバーナードの手を握る。

バーナードは、驚いたように彼女を凝視した。

「君、メアリー・アン——なぜ、ここに?」

メアリー・アンは、蕩《とろ》けるような笑顔を浮かべる。

「私ね、未亡人になってしまったの。喪《も》が明けたので、久しぶりにロンドンに出てきたのよ。先週、某伯爵家のパーティーで、あなたのお母様にお会いして——」

「そうなの、私が彼女をお招きしたのよ——お前も会いたかったでしょう?」

アシュレイ夫人がしたり顔で言い募る。

「お元気そうで、なによりです。メアリー・アン」

バーナードは丁重に挨拶《あいさつ》したが、形のいい眉がかすかに曇っている。

チェルシーは階段の踊り場で、一部始終を見ていた。

そこに出て行く勇気がなく、立ち往生していた。

すると、彼女に気がついたバーナードが、弾けるような笑顔になった。

「チェルシー！　そこにいたのか。おいで、私の可愛いチェリー」

一点の曇りもない爽《さわ》やかな声で呼ばれ、チェルシーは思わず階段を下りていった。

バーナードは側に来た彼女の肩を抱き、メアリー・アンに向かってにこやかに紹介した。

「メアリー・アン、紹介します。チェルシー・ミラー。私の婚約者で、秋の社交界でデビューを果たしたら、結婚する予定です」

きっぱりと言われ、チェルシーは内心嬉しさに涙が出そうだった。

「初めまして、チェルシーです」

気持ちに余裕が出て、優雅に挨拶をすることができた。

アシュレイ夫人は不愉快そうにそっぽを向いたが、メアリー・アンはとびきりの笑みを浮かべて挨拶を返した。

「よろしく、チェルシーさん。とても可愛い方ね」

その全身から溢《あふ》れる気品は、高貴な血筋と育ちの良さを窺わせ、チェルシーは一瞬たじたじとなった。

メアリー・アンは、人妻だったせいか熟した女性の色香に溢れ、態度の端々に自信が溢れている。チェルシーは、にわかに自分が青臭い小娘に思えて、内心怯《ひる》んだ。

だが、肩を抱くバーナードの手の力強さに、励まされる思いだった。

晩餐《ばんさん》には、アシュレイ夫人とメアリー・アンも列席した。

メアリー・アンは、魅力的な笑顔とよどみのない口調で、その場の話題を独り占めした。

「ほらバーナード、あの時あなたはこう言ったじゃない」

「ねえバーナード、あの頃は私たちはこうだったわよね」

彼女の話はすべて、チェルシーの知らないバーナードとの過去の想い出であった。口を挟むこともできず、チェルシーは疎外《そがい》感に耐えていた。

バーナードは丁重にメアリー・アンの話に相づちを打っていたが、常に隣の席のチェルシーのことを気にかけ、たびたび言葉をかけてくれた。

彼の気遣いに救われる思いだったが、たとえ終わった仲でも、目の前にバーナードのかつての恋人がいるということは、ひどい苦痛だった。

食後まで、アシュレイ夫人とメアリー・アンは長居し、ようよう腰を上げたのは深夜だった。

「それでは、ごきげんよう。バーナード、会えて嬉しかったわ。また、遊びにくるわね」

メアリー・アンは、自然な動作でバーナードの頬に唇を押し付けた。そして、彼女は必要以上に身体をバーナードに押し付けているように、見えた。

った。

チェルシーは胸が抉《えぐ》られるような気がした。

玄関口でバーナードが二人を見送っているうちに、こっそりと自分の部屋に戻ってしまった。

メイドたちを下がらせ、ソファにぐったり身をもたせかけ、胸の渦巻く様々な感情に耐えていた。

自分がこんなにも嫉妬《しっと》に苦しむとは思わなかった。

バーナードを信じたいのに、大人の女性として美しく色っぽいメアリー・アンのことを思うと、心がぐらぐら揺れた。

「――チェルシー、入っていいかい？」

バーナードが部屋の扉を控え目にノックした。

チェルシーは、自分が今どんなに醜《みにく》い表情をしているだろうと思うと、彼に合わせる顔がないと思った。

「あの……私、ちょっと頭が痛くて、風邪の引き始めだと思うの……今夜は、一人で休ませてください。ごめんなさい」

扉の向こうで、バーナードが躊躇《ためら》っている気配がした。

「そうか――では、今日は早くお休み。愛しているよ、私のチェリー」

彼の心のこもった声に、涙が出そうだった。

「はい……お休みなさい」

バーナードの足音がゆっくり遠ざかっていった。

チェルシーはクッションに顔を押し付け、ぎゅっと目を瞑《つぶ》った。

(ごめんなさい……バーナード。私ったら、子どもっぽいまねをした。明日にはきっと、立ち直るから、許してください)

いつの間にか、ソファの上でうたた寝してしまったらしい。

ふっと気がつくと、ランプの芯が燃え尽きたのか、部屋の中は真っ暗だった。窓から射す月明かりで、わずかに視界がきいた。

「……いけない」

のろのろ身を起こした。頭が妙にさえていた。

もはや寝付けそうにない。

(ロングギャラリーに行って、絵でも眺めていれば心が落ち着くかもしれない)

そう思いつき、ショールを羽織ると、手燭《しゆしよく》を持って部屋を出た。

ロングギャラリーへ繋がる廊下を歩いているうちに、ふと、バーナードが密かに屋根裏部屋に忍んで行っていたことを思い出す。

胸がにわかにざわつく。

いけないこととは知っていたが、思わず脇に逸れ、屋根裏部屋への階段を上がっていた。

ほこりくさい屋根裏部屋の中、布の覆いをかけた家具の間をぬって、積み上げてある椅子の奥へ進む。

以前、そこに隠すように立てかけてあった額縁のことが、ずっと気になっていた。

床に手燭を置くと、裏返しになっている大きな額縁に手をかけた。

「‼」

そっと表に返して見たチェルシーは、心臓が止まりそうだった。

そこには一人の若い女性の肖像が描かれていた。

ウェーブのかかった美しい金髪と青い瞳、透き通った白い肌。

メアリー・アン、その人に間違いなかった。

絵の隅《すみ》に、日付とサインがしたためてある。

若きバーナードが描いた、恋人の肖像画だった。

「――」

ショックで頭ががんがん痛んだ。

もしかして、バーナードはこの絵を見に、屋根裏部屋に行っていたのだろうか。だから、チェルシーに厳しくここに上がることを禁じたのだろうか。

バーナードは、本当はかつての恋人のことを忘れられないでいたのか？

そして今、その彼女が再びバーナードの目の前に現れた――。

「いやっ、嘘よ……っ」

チェルシーは頭を抱えてその場に頽《くずお》れた。

その勢いで、絵がばたんと音を立てて床に倒れた。

「誰だ?」

ふいに暗がりで声がした。

チェルシーはびくんと顔を上げた。

手燭のぼんやりした灯りの中、バーナードが目の前に立っていた。夜着にガウン姿だ。

いつここに上がってきたのか、まったく気がつかなかった。

バーナードはチェルシーの側に表を向いて倒れている肖像画を見て、はっとしたような表情になった。

「なぜ——そんなものを見ている?」

彼の狼狽《ろうばい》したような声に、チェルシーは確信が増し、涙が溢れてくる。

「これ、メアリー・アンさんでしょう? なぜ、この絵をしまってあるの? 大事なものだから?」

バーナードは、苦笑のようなものを口元に浮かべた。

「なんだ、そんな昔の絵を——肖像画をむげに捨てるわけにもいかず、物置きにしまっておいただけだ。なぜ、そんなものを君が気にするんだ」

うまくかわされたような気がして、チェルシーはかっとなった。

「……やっぱり、メアリー・アンさんのこと、忘れられないのでしょう？」

「馬鹿なことを言うんじゃない。彼女とはとっくに終わっている。母上はご存知ないがそもそも、メアリー・アンは、私と公爵を両天秤にかけて、私を捨てたんだ。そんな女に、これっぽっちも未練はない。母上がつまらない小細工をして、私の気を引こうと彼女を連れてきたことくらい、私にはちゃんとわかっている」

バーナードのきっぱりした口調に、チェルシーは心が揺れてしまう。

信じたい。

だが、彼がこっそり屋根裏部屋に上がっていたのも事実だ。

「でも……今でも美しい人だった……あなたとあの人には、私の知らない共有した時間がある……私の立ち入ることのできない……」

バーナードの表情が、わずかに怒りを含んだ。

「君は、私を信じないのか？　今は、君しか愛していない。君しか必要ないのに」

チェルシーは顔をおおった。嗚咽《おえつ》をこらえ切れない。

バーナードを信じ切れない自分の弱さが、悲しかった。

「でも、でも……私は金髪でもない、目も青くない、あの人ほど大人っぽくない……」

ふいに乱暴に手首を摑まれ、顔から引き剝《は》がされた。

「愚かしいことを言うな！　なぜそんなに自分を卑下《ひげ》するんだ。私に愛されることが、そんなに苦痛なのか？」

バーナードの端整な顔が、激昂《げっこう》に紅潮していた。

いつも優しく温厚なバーナードが、こうも怒りを露《あらわ》にしたのは、初めてのことだった。

「違うの……でも、でも……っ」

頭の中が、悲しみと混乱でぐちゃぐちゃだった。

ふいに、バーナードが噛み付くような口づけをしてきた。

がちっと歯の当たる鋭い音がし、唇が裂けて血の味が口腔《こうこう》に広がる。

息が止まりそうなほど激しく舌を吸い上げられ、チェルシーはくぐもった声を漏らした。

乱暴にチェルシーの口腔を蹂躙《じゅうりん》したバーナードが、息を弾ませて言う。

「く……ふ、ん、んんぅ」

「わからないのか？　私が、どんなに君を愛しているか。やっと、君を手に入れたというのに――」

目が据《す》わって、恐ろしげなのに哀しい表情だ。

バーナードはぐいっとチェルシーの腕を掴み上げ、側の覆い布を被せた机にうつ伏せに押し倒した。

「あっ……」

「わからないなら、わからせるまでだ」

彼は自分のガウンの帯びを外すと、チェルシーの両腕を後ろに回させて、ひとつに括《くく》り上げた。

「や、やめて……」

こんな乱暴にされたことがなかったチェルシーは、怯《おび》えてすくみ上がる。

「さあ、これでもう君はどこにも逃げられない」

バーナードが満足げな声を出し、大きな手の平が背中を辿《たど》りうなじを撫《な》で、黒髪を掻き分け、小さな耳を剝《む》き出しにする。そこに、彼は覆い被さるようにして、何度も唇を押し当てた。

「あ、あぁ」

感じやすい耳の後ろを刺激されると、ぴくぴくと肩が震えた。

「そら、君の弱いところは全部知っている。私が教えた。私が見つけて、仕込んだんだ、なにもかも——」

熱い息が耳孔に吹き込まれ、恐怖が興奮を煽り、チェルシーは全身が熱くなる。

「やめて……や……」

首を弱々しく振るが、彼の手が夜着の裾を捲《めく》り、太腿を撫で擦ると、ぞくぞく感じてしまい抵抗できない。

「こんなに愛しいのに、どうしてわかってくれない？」

バーナードの長い指が、股間の前に回り敏感な花芽《かが》を弄《いじ》った。

「あ、だめ、あ、あ……」

声を噛み殺そうとするが、巧《たく》みに鋭敏なそこを刺激され、腰が淫《みだ》らに揺れた。そんな自分の身体が口惜《くちお》しくせつなく、涙声で言う。

「だめ、バーナード……私は、あなたのものですから……許して……」

「許さない――心までそっくり欲しいんだ」

バーナードが性急に自分のガウンを寛げ、チェルシーの夜着を背中まで捲り上げ、剝き出しの両足の間に自分の足を挟み込み、大きく開かせた。

そして彼は、手を添えることもせず、そのまま一気に屹立《きつりつ》した男根で貫いてきた。

「つ――っ、あ、あぁっ」

まだ潤っていない膣襞《ちつひだ》が引き攣《つ》れ、チェルシーは苦痛の声を上げる。

だがバーナードはおかまいなく最奥まで突き入れ、そのまま腰を揺さぶった。

「やめ……抜いて……だめ、う、ううっ」

獣のように犯されて、チェルシーは呻《うめ》いた。

柔和《にゅうわ》なバーナードに、こんな荒々しい部分があったことに驚かされた。

「だめじゃない――ほら、もう濡れてきた」

耳元で意地悪くささやかれる。

確かに、何度も激しく抽送されているうちに、彼に慣れ親しんだ身体はすぐにしっとりと潤ってしまう。

「んーーん、んんぅ、あ……っ」

拘束されて淫らに交合していることが、淫猥《いんわい》な興奮を煽《あお》った。

「締まるーー感じてきたね」

バーナードが愉しげな声を出す。

「ひど……い、あ、ぁあ、ぁあん」

口惜しいが、彼を受け入れた媚肉《びにく》は、喜ばしげに蜜を溢れさせ、美味そうに肉胴をしゃぶってしまう。

彼女が感じ始めたとわかると、バーナードは動きをゆったりしたものに変えた。しかし、亀頭の括《くわ》れまで引き抜き、太棹の根元まで深く挿入される悩ましい動きは、チェルシーに灼け付くような快感を与えた。

「は、ああ、あ、や……ぁ」

「可愛い声を出してーー抱けば、素直になるものを」

バーナードは角度を変え、恥骨の裏側のチェルシーが一番弱い部分をぐいぐいと擦り上げた。

「あっ、そこ、だめ……あぁ、あ、はあぁっ」

硬い先端で、そのざらつく部分を突き上げられると、尿意を我慢する時のような追いつめられたせつない喜悦が迫り上ってくる。

「だ、め……そこ、あ、漏れちゃう……からぁ……っ」

「ん？　そこって、ここか？」

バーナードはよけいに、その部分を強く穿《うが》ってくる。

「あっ、だめ、だめぇ、だめ、も……もう、もうっ……」

恐ろしいほどに感じてしまい、両足ががくがく震え必死で踏ん張ると、よけいにバーナードの屹立を締め付けてしまい、心地好くなってしまう。

「いいんだ、漏らしてしまえば」

バーバードは耳元で息を乱し、低くささやく。そしてさらにぐいぐいと擦り上げてくる。

「やあ、や、やぁ、あ、だめ、あぁぁぁ」

縛り上げられた両手をぎゅっと強く握りしめて耐えたが、ぐるりと腰を押し回すようにして突き上げられると、もはや限界だった。

「あぁあ、あ、出ちゃう……あぁ、あぁあぁあん」

恐ろしいほどの愉悦が瞼《まぶた》の裏で弾け、全身が脱力した。

その瞬間、じゅわっと大量の愛潮を吹き出してしまい、床にぽたぽたと音を立てて滴《したた》り落ちた。

繋がった二人の下腹部もびしょびしょに濡れたが、バーナードはかまわずずんずんと突き上げてくる。

「や、あぁ、あ、もう、達《い》ったの、達ったから……あぁ、あ、ぁ」

ぬかるんだ媚襞《びひだ》をぐちゃぐちゃに掻き回され、もはや抵抗も拒絶も忘れ、ただただ与えられる愉悦に翻弄《ほんろう》された。

「また達きそうだね――そうだ、素直になればいい、私だけを求めて――」

今宵のバーナードな容赦がなかった。

数え切れないほどチェルシーが達して、泣きながらもう許してくれと懇願しても、責め続けた。

やがて最奥で欲望を吐き出した彼は、おのが自身を引き抜くと、今度は長い指で膣腔《ちつこう》を乱暴に掻き回した。

愛液《あいえき》と白濁《はくだく》液が混じったものが、とろとろと綻《ほころ》びきった蜜口から溢れてくる。

「……は、はぁ、は……ぁ」

チェルシーはびくびくと全身を痙攣《けいれん》させ、ぐったりと机に突っ伏していた。

その脱力しきった身体の縛《いまし》めを解かないまま、バーナードは彼女を抱き起こし、今度は床に跪《ひざまず》かせた。

彼はチェルシーの乱れた黒髪を掻き上げ、汗と涙に濡れた顔を露にし、まだ硬度を残している自分の男根を、彼女の唇に押し付けた。

「もう一度、大きくするんだ」

「う……ぐ、ふ……」

絶頂の陶酔《とうすい》が覚めやらないまま、チェルシーは唇を開いて男の欲望を受け入れた。

淫らに濡れた肉胴を、咽喉《のど》奥まで受け入れ、えづきそうになりながら必死に舌を這わす。

「ふぅ、は、んんぅ、んんっ」

「ん、んぅ、んっ」

鈴口の割れ目から先端の括れまで舌を這わし、筋張った肉胴を丁重に舐《な》め上げた。

「ああいい——素敵だ」

頭上からバーナードの密やかなため息と声が聞こえ、自分の下腹部がそれだけできゅんと疼くのを感じる。

（ああバーナード、ごめんなさい——あなたをこんなにも愛しているのに——私が自分に自信が持てないから……あなたを疑ったりしてしまうの）

彼の哀しい怒りが身に染み、償いたい一心で、必死に舌を這《は》わせる。

両手が使えないので、頭を前後に振り立て唇に力を込めて、扱《しご》いた。

口唇《こうしん》愛撫を続けながら、潤んだ瞳で見上げると、バーナードもまた同じようなせつない目で見返してくる。

「――私のチェリー」

艶っぽい掠れた声でその愛称を呼ばれると、全身が悦びに戦慄《わなな》いた。夢中になって屹立をしゃぶっていると、そっとバーナードの両手が下りてきて、顔を包んでそっと引き剝がした。

唇から抜け出た男根は、すっかり硬度を取り戻している。

「おいで――」

チェルシーを抱き起こしたバーナードは、床に仰向けになった。

濡れた禍々《まがまが》しい欲望が、ぴん反り返って、チェルシーの淫欲《いんよく》を刺激する。

「上におなり」

バーナードは軽々とチェルシーの腰を抱きかかえ、自分の股間を跨《また》ぐようにさせる。

「あ、待って……」

これ以上ひどくされたら、どうなってしまうかわからない予感に、チェルシーは怯えた。

「待たない」

バーナードは容赦なく、チェルシーの腰を摑んで真下に引き下ろした。

ずん、と一瞬で硬い屹立が最奥《さいおう》に届いた。

「ひぁ、あぁぁっ」

あっという間に絶頂に達してしまう。

バーナードは、彼女の腰を固定したまま、下からずんずんと突き上げた。

「やぁ、あ、あぁ、壊れて……ぁあぁっ」

拘束されたままの身で、息を継ぐ間もなくバーナードの思うままに貫かれ、チェルシーは洗い髪をばさばさと振り乱し、身悶《みもだ》えた。

「きゃぁ、あ、達く、あ、また……あぁ、だめ、おかしく……っ」

「わかるか？　私がこんなにも、君だけを求めているのを――君の身も心を、根こそぎ私のものにしなければ、気が収まらない――っ」

灼け付く肉棒に、彼の怒りや哀しみまでが込められているようで、チェルシーは全身を波打たせて嬌声《きょうせい》を上げ続けることしかできない。

「ひ、ひぁ、あ、だめ、へんに……も、へんになる……こんなの、ああ、こんなのって……っ」

チェルシーは喘ぎ乱れながら、バーナードに全身全霊で求められていることを確信する。

なにを悩み、迷っていたのだろう。

最初からバーナードは、チェルシーのありのままを愛してくれていたというのに。

「あぁあ、あ、許して……バーナード、弱い私を……許して……っ」

あまりにも激烈な快感に、完全に思考停止してしまう。

その分、恥も外聞もなく本音を口にできた。

「あなたが好きなの……大好きで……私だって、あなたを……独り占めしたいの……ぁあ、すべてを……私のすべてを……奪って……っ」

「チェリー――っ」

バーナードは、チェルシーの尻肉に指を食い込ませ、激しく腰を穿ってきた。

「ひぃ、い、あぁあ、あぁあ、も、死ぬ……あぁ、死んじゃう……っ」

絶頂を極めたまま、チェルシーは達ったままになり、何度も気を失いそうになった。

「死んでいい――いくらでも、私の腕の中で、死ぬがいい」

「……あ、あ、もっと、あぁもっと、あなただけのものに……あぁあぁっ」

チェルシーは背中を大きく反らせ、甲高《かんだか》い嬌声を上げた。灼け付いた蜜壷が、ぎゅうっと強く収斂《しゅうれん》し、男の欲望を追いつめる。

「っ――出るっ」

バーナードが低く唸《うな》り、びくんと腰を浮かせた。次の瞬間、熱い白濁がどくどくと噴き上がる。一度精を放ったのに、それは驚くばかり大量だった。

「あぁあ、あ、あぁ……」

全身で強くいきみながら、チェルシーは遂に力尽き、がくりと前のめりに倒れ込んだ。

その華奢《きゃしゃ》な身体を強く抱きしめ、バーナードはがくがくと腰を打ち付け、欲望の最後の一滴までくまなく、子宮口に注ぎ込んだ。

「……ふ……は、はぁ……はぁ……」

まだ名残惜しげに脈打つ男の肉胴を体内に感じながら、チェルシーは精も根も尽き果てて、息を弾ませていた。

「――ひどいことにしてしまった――つい、私も年甲斐もなく、欲望に突き動かされた」

バーナードが我に返ったような表情で、チェルシーの乱れた髪を撫で付けた。

そして、腕の縛めをそっと解いた。

「……ぁ……あ」

細い手首に赤い縛り跡がくっきりと残っている。

バーナードは愛おしげに、その手首を擦った。

「痛くしたね――すまない」

チェルシーは首を振る。

「……いいえ……私こそ、あなたの言葉を信じようともせず、一人で興奮して、ごめんなさい」

汗ばんだ彼の胸に、強く頬を押し付けた。

「本当に、メアリー・アンにはなんの気持ちももう、ないんだ」

「わかっています――」

バーナードは、少し遠い目になる。

「あの絵は、私が描いた最後の絵だ。私には絵を描く才能がないことは、わかっていた。メアリー・アンへの気持ちの整理も込め、あの絵を描いた。それからは、私は絵の才能ある者の援助や、よい絵の購入に力を注ぐことにしたんだ」

「――そうだったの」

今まで絵を描くことを呼吸をするようにしていたチェルシーには、それをやめてしまうというバーナードの決心には驚かされるものがあった。

彼女の戸惑いに気がついたのか、バーナードが愛おしげ頬を撫でた。

「君は、絵を続けるんだよ。君も、私が見いだした才能ある人のひとりだよ。ただ、私は君自身にも、まいってしまっただけなのだが――」

「バーナードったら……」

チェルシーは嬉しくて頬を染めた。

この腕の中にいることが、自分の幸せのすべてだと、しみじみ思った。

彼の大きな愛と包容力に包まれて、少しずつ迷いながらも成長し前に進んでいくのだ。

「バーナード……私、これからもいろいろ間違ったり、悩んだり、あなたを困らせてしまうかもしれないわ――それでも、愛してくれる？」

チェルシーはバーナードの目をまっすぐ見つめ、正直に言った。

バーナードは彼女の目尻に唇を押し付け、優しくささやく。

「もちろんだ。君が一歩一歩進んで、素晴らしい女性として磨きをかけていくのを見守ることが、私の至上の喜びだよ」

チェルシーの胸いっぱいに、熱い愛情が溢れてくる。

「私のバーナード……愛しているわ」

自分から彼の唇に口づけし、そっと告げる。

「私の可愛いチェリー、愛しているよ」

バーナードも口づけに答えてくれる。

「さあ、一緒に寝室に戻ろう——仮病じゃなくて、ほんとうに風邪を引いてしまうよ」

身体を起こしたバーナードは、自分のガウンでチェルシーをくるむと、軽々と横抱きにした。

「あ……」

とっくに嘘がばれていたことを知り、チェルシーは気まずく顔を伏せた。

その額に、からかうように唇を押し付け、バーナードがくすくす笑った。

「私と一緒にベッドに行ってくれますかね？　お嬢さん？」

「はい……」

恥ずかしげに答えると、バーナードがぎゅっと抱きしめてくれた。

彼の逞しい腕に抱かれ、チェルシーは屋根裏部屋を後にした。

その未明のことだった。

けたたましく寝室の扉を叩き、返事を待つこともなくスティーヴが色を変えて飛び込んできた。

「ご主人様！　お休みのところ申し訳ありません、が、大奥様が――！」

チェルシーと寄り添って休んでいたバーナードは、ぱっと起き上がった。

その勢いで、チェルシーも目が覚めた。

「母上が⁉　なにがあった？」

「お、大奥様のお屋敷が、火事で、焼け落ちたとの連絡が今――」

「なんだと⁉」

バーナードは素早くベッドを出て、ガウンを羽織った。

「母上はご無事か？　怪我は？」

「はい、幸い侍女たちの的確な誘導で、怪我ひとつなくお屋敷から逃げ延びたそうです」

「そうか――」

バーナードはほっと息を吐いた。

「ですが――お屋敷は全焼だそうです」

「すぐ、母上をお迎えに行く。馬車の用意を」

「すでにできております」

「うむ」

緊急事態に、チェルシーもすぐに起き上がってガウンを着込んでいた。

「バーナード、私はなにをしたらいいですか？　指示をください！」

チェルシーが声をかけると、スティーヴに手伝われて着替えていたバーナードが、首だけ振り向けててきぱきと言った。

「君はスティーヴとここに残り、母上を母上の使用人たちを受け入れる準備をしておくれ。客室を全部整え、風呂と着替えの用意、熱いお茶と軽い軽食の準備を頼む」

「わかりました！　気を付けて行ってきてください」

「うん、頼む」

バーナードが飛び出していくと、チェルシーは深呼吸をひとつし、側に待機していたスティーヴに凛《りん》とした声をかけた。

「では、すぐに取りかかりましょう！」

ロンドン郊外にあるアシュレイ夫人の屋敷は、厨房での火の不始末から出火し、あっという間に燃え広がり、全焼してしまった。

アシュレイ夫人を始め屋敷の者たちは全員、怪我ひとつなく脱出できたが、寝込みの出来事であったために、正に身一つといった態《てい》だった。

「ああ……私の財産も、愛しい夫との想い出も、すべて焼けてしまった……！」

バーナードの迎えで、屋敷に連れられてきたアシュレイ夫人は憔悴《しょうすい》し切っていた。

一晩で幾つも年老いてしまったようにやつれ果て、チェルシーたちが用意した部屋に引き籠ってしまった。

「母上は、父上の遺品を、すべてご自分の別宅に置いておかれていたから、さぞやお辛いことだろう」

チェルシーとの朝食の席で、バーナードも沈痛な面持ちだった。

「父上は写真嫌いだったから、その姿は何枚かの肖像画しか残さなかったのだ。母上は、それを全部自分の側に置いていたから――」

チェルシーは胸をつかれた。

「まあ……ではそれも全部、焼けてしまったのですね」

「うん、残念ながら――保険をかけてあったので、屋敷は新しく建て直すことはできても、失われた想い出は取り戻せない――母上は、父上を心から愛しておられたんだ。ほんとうに、お気の毒だ」

実母の災難に打ち拉《ひし》がれるバーナードを見て、チェルシーもうなだれた。

アシュレイ夫人は食事も部屋へ運ばせ、息子にすら顔を合わせなかった。

火事から数日後。

メアリー・アンが屋敷を訪れてきた。

ちょうどバーナードが会社から帰宅した直後で、まるで時間を見合わせて来訪したようだった。

「まあまあ、バーナード。お母様はほんとうに大変なことだったわね」

煌びやかに着飾って、いつにも増して際立った美貌のメアリー・アンは、火事見舞いには少し場違いなくらいだった。

彼女はアシュレイ夫人の見舞い品にと、沢山の宝飾品やドレスなどを持参してきた。だが彼女は、アシュレイ夫人の部屋を訪れることなく、居間に居座ってバーナードにしなだれかかるように喋《しゃべ》り続けている。

同席しているチェルシーのことは、まるで眼中にないような素振りだ。

「バーナード、あなたも気を落とされているでしょう？　私にできることがあれば、なんでもするわ」

「気持ちだけは、ありがたくいただいておくよ」

バーナードは慇懃《いんぎん》に彼女の相手をしている。

メアリー・アンはいちおうアシュレイ夫人の知り合いであるということで、丁重に応対しているのだと、チェルシーにはわかった。

ふいにメアリー・アンは気がついたように、チェルシーに顔を向けた。

「そうそう、私、沢山のお見舞いをお母様にお持ちしたのよ。お慰《なぐさ》めしたいので、あなた、お母様のお部屋に案内してくださるかしら」

チェルシーは、悲嘆にくれて部屋に引き籠っているアシュレイ夫人のことを思った。

「メアリー・アンさん、本当にありがたいのですが、アシュレイ夫人はひどく気落ちなさっていて、誰にも会いたくないそうです。どうかそっとしてあげてください」

その言葉はごく自然に、すらすらと口から出た。

「ま……あ！」

よもやチェルシーに断られるとは思っていなかったらしく、メアリー・アンは整った美貌を真っ赤に染めた。

「なに？　まるで私が迷惑みたいな物言いね。失礼な！　いいわ、私が自分でお伺いするから――」

憤慨《ふんがい》した面持ちで立ち上がろうとしたメアリー・アンに、バーナードが冷ややかな声で言った。

「メアリー・アン。チェルシーの言葉は正しい。母上は今は誰にも会いたくないと言っている。君も礼儀をわきまえているのなら、このまま静かに帰りたまえ。いずれ、母上のお心の傷が癒えれば、またお付き合い願いたい」

「ま――」

メアリー・アンは目を丸くして、バーナードを睨《にら》んだ。

それから彼女は、つんと顎《あご》を反らして立ち上がった。

「わかりましたわ。お母様によろしくお伝えください」

「玄関までお見送りいたします」

チェルシーが立ち上がろうとすると、メアリー・アンは声を苛立《いらだ》たせた。

「けっこうです」

そのまま彼女は、振り返りもせずに居間を出て行ってしまった。

残された二人は、顔を見合わせた。

チェルシーは、出過ぎたまねをしたかもしれないと、うつむいた。

「ごめんなさい――私、よけいなことを言ったかしら」

すると、バーナードがそっと手を重ねてきた。

「とんでもない。屋敷の女主人として、当然の態度だ。母上の気持ちを思い遣《や》ってくれて、ありがとう」

チェルシーはほっとし、前から考えていたことを打ち明けようと決心した。

「あの……バーナード、私、アシュレイ夫人のお心を慰めたくて、ひとつ提案があるの」

「ん？　なんだね？」

「あなたの協力が欲しいの。いえ、あなたにしか頼めないことなの」

「いいとも、なんでも言ってごらん」

チェルシーは話し始めた。

彼女の話を聞いているうちに、バーナードが感銘を受けたような表情になる。

「それは――できれば、素晴らしいことだね。母上がさぞお喜びになるだろう」

チェルシーはかすかに目元を染めた。

「私にできるかどうか、自信はあまりないんですけれど……」

「いや、君ならできる。きっと、できるよ。私のチェリー、ぜひ、私からも頼む。なんでも協力しよう」

バーナードがぎゅっと強く手を握ってくれた。

チェルシーは新しい力が、彼の手から自分の体内に流れ込んでくるような気がして、キッと顔を上げた。

「わかりました。私、全力でやってみます」

翌日から、チェルシーは時間があればキャンバスに向かい、一心に筆を振るった。何度もそれをバーナードに見せては、細かいアドバイスをもらい、描き続けた。

火事からひと月後。

少しずつ心の傷が癒えてきたのか、このごろアシュレイ夫人はやっと部屋を出て、昼間はサンルームなどで寛《くつろ》ぐようになった。

だが、あれほど能弁だった彼女が、ほとんど口を開かず、じっとソファに座っている姿はあまりにも痛ましかった。

その日の夕刻頃、バーナードが早めに帰宅してきた。

彼はまだ夕陽のなごりがある薄明るい居間に赴《おもむ》き、ぼんやりソファに身をもたせかけているアシュレイ夫人に声をかけた。

「母上、ご気分はいかがです？　今夜は、私たちと晩餐を共にいたしませんか？」

アシュレイ夫人は、眩《まぶ》しげに息子を見上げた。

「まあ……そうして立っていると、お父様に瓜二つだわね――」

それから彼女は、気怠《けだる》そうに首を振る。

「悪いけれど、まだ食欲が出なくて……」

バーナードはアシュレイ夫人と向かい合わせのソファに、静かに腰を下ろした。

「母上、今日はチェルシーと私で、あなたを元気づけるために贈り物をしたいと思います」

「贈り物ですって？　――私は、なにも欲しいものなどないわ」

素っ気《そけ》なく答える彼女に、バーナードは言い募る。

「いいえ、どうしても受け取って欲しいのです――チェルシー、おいで」

バーナードが首を振り向けて、戸口に声をかけると、そこに控えていたチェルシーが控え目に入ってきた。

手に15号サイズ（652mm×530mm）のキャンバスを抱えている。

チェルシーの姿を見ると、アシュレイ夫人が不愉快そうに身体を起こした。

「なにもいらないと、言っているでしょう」

チェルシーは無愛想なアシュレイ夫人の態度に、一瞬怯んだものの、勇気を振るってバーナードの横に腰を下ろした。

バーナードは顔を背けたアシュレイ夫人に、静かに声をかける。

「母上、これをごらんください」

チェルシーは、キャンバスの絵をアシュレイ夫人の方に向けた。

アシュレイ夫人は不承不承《ふしょうぶしょう》といった態で、絵にちらりと目をやった。

「えっ⁉」

刹那、アシュレイ夫人は驚愕《きょうがく》したように顔を振り向け、チェルシーが手にしている絵をまじまじと見た。

そこには、柔和な表情をした一人の初老の紳士が描かれていた。

「侯爵様⁉」

アシュレイ夫人は思わずといった感じで、チェルシーの手から絵を奪い、凝視した。

「私の夫……生き写しだわ！　……でも、どうして？　あの人の肖像画は、一枚残らず燃えてしまったのに⁉」

「母上――」

バーナードが穏やか説明をする。

「それは、私の記憶の中の父上を、チェルシーが描いてくれたのです。何度も描き直し、父上そのものの肖像画を完成させてくれました」

「ああ――」

アシュレイ夫人は言葉を失い、涙ぐんでその肖像画を見つめた。

「なんということ――もう、あの人の面影には生きて会うことなどできないと、諦《あき》めていたのに……！」

バーナードはうなずき、そっと傍らのチェルシーを見た。

「母上。この肖像画は、チェルシーの提案でした。あなたの心を少しでも慰めたいと、彼女がぜひ描きたいと、私に言ってきたのです」

「そんな……この人が……？」

アシュレイ夫人が涙に濡れた顔を、チェルシーに向けた。その表情には、少しだけ感情を動かされた色があった。

　チェルシーは思い切って声をかけた。

「これを、受け取って頂けますか？」

　アシュレイ夫人は額縁をぎゅっと握りしめ、無言でうなずいた。

「ああ、よかったです！」

　チェルシーは心から安堵《あんど》し、バーナードと顔を見合わせて微笑んだ。

　アシュレイ夫人は絵に目を落とし、じっと見つめている。

　スティーヴが、遠慮がちに声をかけた。

「ご、ご主人様――晩餐の用意ができました。あの――大奥様の分も用意させて頂きましたが」

　バーナードは顔を上げ、スティーヴにうなずいた。

「ありがとう、スティーヴ。母上、どうでしょう？　私たちと食事を取りませんか？」

　アシュレイ夫人は伏せていた顔を上げ、目線は逸らしたままつぶやくように答えた。

「そうね……なんだか、食欲が出てきたみたい」

　チェルシーはぱっと表情を綻ばせた。

「ああよかったわ！　どうぞ、食堂へ。夫人のお好きな料理ばかりを、用意させてありますから」

手を取って食堂へ導こうとしたチェルシーに、アシュレイ夫人がつっけんどんに言う。

「いつまでも夫人などと呼ばないで欲しいわ。曲がりなりにも、あなたは息子の妻になる人なのだから。私のことは、お義母様《かあ》、と呼びなさい」

チェルシーは目を瞠った。アシュレイ夫人は目の縁をかすかに赤く染め、つんとしたまま歩き出す。

チェルシーの胸に、熱くこみ上げるものがあった。

「は、はい、お義母様……」

嬉し涙を止めることができなかった。

バーナードが、そっと背中を擦ってくれた。

少しだけ心を開いてくれたアシュレイ夫人との、その日の晩餐を、チェルシーは一生忘れることができないだろう。


スモッグで霞《かす》むロンドンの空が、珍しく青く晴れ上がった初秋。

「王宮での初拝謁《プレゼンテーション・アト・コート》」が執《と》り行われた。

バッキンガム宮殿には、早朝から次々、その日デビューする淑女《しゅくじょ》が馬車で乗り付けた。

王宮の玄関ロビーは、宮廷用の真っ白なドレスに身を包んだ妙齢の乙女たちでひしめき、正に百花繚乱《ひゃっかりょうらん》といった風情だった。

それぞれに美しく装った淑女たちの中でも、チェルシーの姿はひときわひと目を引いた。

メリハリのある肢体を際立たせる、シンプルなデザインだが手の込んだ純白のドレス。ぱっちりとした黒曜石《こくようせき》色の瞳にぷっくりした赤い唇の、オリエンタルな美貌。艶やかな長い黒髪をサイドは複雑に編み込み、後ろは長く梳流した斬新な髪型。そこに大粒の真珠で飾られたティアラを被せ、イアリングのネックレスも真珠で、彼女の清楚《せいそ》な美しさを際立たせている。

「なんて美しいの。一緒に拝謁《はいえつ》を賜《たまわ》るのが、気が引けるわ」

「まるで絵から抜け出てきたよう」

「あんなシンプルなデザインのドレスで、あんなにゴージャスな雰囲気を出すなんて、普通じゃできないわ」

周囲の淑女たちは、しきりに感嘆したり悔しがったりした。

付き添いとお目付役で同伴していたバーナードの妹のリズは、興奮気味に言う。

「チェルシー、ほら、あなたがあんまり綺麗なので、みんな目を丸くしているわ。私まで誇《ほこ》らしくなってしまう」

「ありがとうございます、リズさん。いろいろアドバイスをいただいおかげです」

チェルシーはかすかに頬を染めて答えた。衆人環視の中でも、チェルシーは臆することなく胸を張り、堂々と振る舞っていた。かつての劣等感や内気さは影を潜《ひそ》め、一人前の淑女としての自信に溢れていた。

「淑女の皆様、お待たせいたしました。ただいまより、女王陛下の謁見《えっけん》を開始いたします。お名前を呼ばれた順番に、謁見室へお入り下さい」

古風なお仕着せの呼び出し係が、ふいに声を張った。

さっと待合室に緊張が走る。

「さあ行ってらっしゃい、あなたならきっと女王陛下からの覚えもめでたくてよ」

リズがそっと背中を押した。

「はい、行って参ります」

チェルシーは深呼吸し、きりっと前を向いた。

女王陛下の拝謁を終え、リズに伴われて宮殿から出てきたチェルシーは、止めているアシュレイ家の馬車の側まで来ると、はっとした。

バーナードが立っていたのだ。彼は落ち着かなげに、馬車の側を行ったり来たりしていた。

「バーナード……」

声をかけると、彼がぱっと振り向いた。

「ああ、チェルシー！　『王宮での初拝謁《プレゼンテーション・アト・コート》』は、どうだった？」

バーナードが両手を広げた。

「バーナード！」

一気に緊張が解け、チェルシーは彼の腕の中に飛び込んだ。

「大変だったろう？　なにも失敗はしなかったか？」

「はい――」

胸がいっぱいになり、チェルシーはこくこくとうなずくばかりだった。

「あらあら、お兄様ったら、会社をさぼってまでおいでになるなんて。よほどのご執心《しゅうしん》ね」

後ろからゆっくり歩いてきたリズが、呆《あき》れた口調になる。

「仕事など手につかなかった。大事なチェルシーの、一世一代の晴れ舞台だからね」

バーナードがかすかに目元を染めた。

「ふふ、ロンドン一の優男も、彼女には形なしね」

リズが悪戯《いたずら》っぽく片目を瞑ってから、言う。

「安心なさって、お兄様。彼女は今日の一番のヒロインよ。女王陛下がお側にチェルシーをお呼びになって、祝福のキスまでしてくださったの！」

バーナードの表情が、見るからに安堵したものになる。

「ああそうか！　よくやったね、素晴らしいよ、私の可愛いチェリー」

彼はきつくチェルシーを抱きしめ、神や額に口づけの雨を降らした。

「バーナード、私、夢中で……女王陛下にお声をかけていただいときは、気を失うかと思ったわ。でも、アシュレイ家のために、精一杯努めたわ」

チェルシーは潤んだ瞳で見上げた。

「これでチェルシーさんは、今季のロンドン社交界の注目の的ね。どの上流貴族の家も、こぞってあなたを招待したがること、間違い無しだわ！」

リズも満足そうに微笑んだ。


バーナードと共に馬車で屋敷に戻ってくると、ちょうど玄関から侍女たちに荷物を運ばせて、アシュレイ夫人が出てくるところだった。

「母上、どちらへ？」

チェルシーに手を貸して馬車を降りたバーナードが、慌ててアシュレイ夫人に歩み寄った。

アシュレイ夫人は、バーナードに寄りそう宮廷用ドレス姿のチェルシーを、眩しそうに見た。だが、口調はつんとしたままだ。

「社交界デビュー、その様子だと、上手くいったようね」

「はい、おかげさまで、無事済ますことができました——お義母様は、どちらへ？」

チェルシーの問いに、アシュレイ夫人は答える。

「新しい屋敷が完成したので、私はそちらへ移ります」

バーナードとチェルシーは、驚いて顔を見合わせた。

「母上、私とチェルシーは、この屋敷でずっと、母上と暮らすつもりでしたのに——！」

バーナードの言葉に、アシュレイ夫人は薄く微笑んだ。

「気持ちは嬉しいわ。でも、新婚の家庭など、年寄りは無用でしょうよ。私は自分の家に帰りたいわ」

アシュレイ夫人は、ちらりとチェルシーに目をやった。

「私のことだから、またあなたに口うるさいことを言って、嫌がられるかもしれないしね」

「そんな——！」

言い募ろうとするチェルシーを押しとどめるように、アシュレイ夫人は言った。

「私には、あの絵があるから大丈夫よ。いつまでも、夫の想い出と共に生きていけるわ」

「お義母様……」

チェルシーは胸が詰まり、なにも言えなかった。

「では、ごきげんよう、二人とも。次に会う時は、あなたたちの結婚式かしらね」

アシュレイ夫人はかすかに笑顔を見せ、自分の馬車に乗り込んだ。

御者《ぎやしや》が馬に鞭《むち》をくれ、馬車が動き出す。

「母上、道中、お気をつけて」

「また、いつでも遊びにおいでください」

バーナードとチェルシーは、去っていく馬車にいつまでも手を振った。


アシュレイ夫人の馬車が見えなくなると、バーナードはそっとチェルシーの腰を抱き、引き寄せた。

「今日は疲れたろうが、もう少し、私に付き合ってくれるかな」

「はい」

バーナードは彼女の手を取ると、玄関ロビーに出迎えたスティーヴに、

「しばらく二人にしてくれ」

と、声をかけ、ロングギャラリーへ向かった。

静寂に包まれたロングギャラリーに入ると、バーナードはチェルシーに向かい合わせになり、そっと唇に啄《ついば》むような口づけをした。

「今日の君は、最高だった。いつにも増して美しいし、それにもう、一人前の淑女だ。私

は誇らしくてならないよ」

チェルシーは恥ずかしげに睫毛を伏せる。

「なにもかも、バーナードのおかげです、身寄りのない私を引き取ってくださり、ここまで導いてくれて——」

「いや、私は道をつけただけで、後は全部、君の頑張りと努力だ。よく、ここまで成長してくれた」

バーナードが愛《いと》しげに、何度も短い口づけを繰り返した。チェルシーも、顔を上向かせて口づけを受ける。そのうち気持ちが盛り上がり、口づけは深いものへと変わっていく。

「ん……ふ、んんぅ」

互いの愛情を伝え合うようにきつく舌を絡め、情熱的な口づけを続けた。

「……は、ぁ……」

長い口づけの果てに、チェルシーはすっかり四肢の力が抜けてしまった。

バーバードは彼女の両手を握ると、まっすぐ潤んだ瞳を見つめた。

「チェルシー」

ふいに彼は床に跪いた。

そして、ジャケットの内ポケットから、天鵞絨《ビロード》張りの小さな箱を取り出す。

白皙《はくせき》の彼の美貌が紅潮していた。バーナードは小さく咳《せき》払いする。

「こんなことをするのは、一生に一度だが、気恥ずかしいものだな」

彼が箱の蓋《ふた》を開くと、そこには——きらきらと輝く大粒のダイアモンドの指輪が入っていた。

「バーナード……！」

チェルシーは息を呑んだ。

彼女を見上げ、バーナードがかすかに震える声で言う。

「私と結婚して欲しい、チェルシー」

「あ……ぁ、バーナード……」

チェルシーはかあっと全身に湧き上がる喜びに、足元がふらついた。

「君が見事に『王宮での初拝謁《プレゼンテーション・アト・コート》』を済ませたら、正式にプロポーズしようと決めていたんだ」

バーナードは箱から指輪を取り出すと、チェルシーに手を差し伸べた。

「どうか、受け取ってくれ」

「バーナード、ああ、私……もちろん、もちろんです！」

チェルシーがおずおずと左手を差し出すと、バーナードはその薬指に指輪を丁寧に嵌《は》めてくれた。

「愛している——」

バーナードは指輪を嵌めた手の甲に、そっと口づけした。

「私もです、愛しています！」

もはや気持ちを抑え切れなくなったチェルシーは、バーナードの首に抱きついて頰を擦り付けた。嬉し涙が溢れてくる。

「嬉しい！　幸せだわ、ああ、バーナード」

「チェルシー、私の可愛いチェリー」

二人はきつく抱き合い、互いの名前を呼び合い、何度も口づけを交わした。

思えば、ここまで来るのには、長く辛い日々だった。

バーナードの愛に包まれているのに、自分に自信がないために、彼の愛を疑ったり迷ったりした。

でもいつだってバーナードは、広い心でチェルシーを受け入れてくれた。

「愛しているわ、大好きよ、大好き、バーナード」

ほろほろ流す嬉し涙を、バーナードが唇で受け止めてくれる。

「よかった、君をほんとうに手に入れた。もし断られたらと思うと、生きた心地がしなかったよ」

チェルシーは泣き笑いになる。

「いやだ。いつも自信満々なあなたが、そんなこと――」

「君が気がつかないだけだ。私はいつだって、君を失うことを恐れていた。倍も年上の私に、若い君がいつか嫌気がさしてしまうのでは、と内心子ウサギみたいにびくびくしていたんだよ」

とうとうチェルシーは声を立てて笑ってしまう。

「ふふっ、あなたにも弱みがあったのね。でも、そういうあなたも魅力的よ」

「これでも人間の端くれなものでね」

二人は幸福に顔を輝かせ、笑い合った。

『親愛なるのっぽのおじ様
今日、無事「王宮での初拝謁《プレゼンテーション・アト・コート》」を済ませ、私は社交界に正式にデビューしました。同時に、侯爵様から正式にプロポーズされ、それを受けました。

未だに信じられません。

私が侯爵様の妻になるなんて。夢を見ているみたい。

この幸せがずっと続くように、どうぞおじ様も祈ってください。

そうそう、長いことかかっていた油絵もようやく完成にこぎつけました。

あの――よろしければ、結婚式にお招きしたいのですが。いかがでしょう？　おじ様のお手紙に励まされ、私はここまできました。

ぜひお会いして、きちんとお礼を言いたいのです。

チェルシー』

『親愛なるチェルシー

とうとう結婚するのですね。おめでとう!

君の幸せを永遠に祈ります。

でも、私たちは会わない方がいい。私は、匿名《とくめい》の君の一番の応援者として、ずっとエールを送ります。これからの人生でも、君が悩み苦しむことがあるかもしれません。そのために、私がいます。

どうか、また手紙をください。

のっぽのおじ様より』

第六章　親愛なるのっぽのおじ様

「ねえねえ、やっぱり袖《そで》を思い切り膨《ふく》らませた方が、今時だと思うわ。それに、そろそろバッスルスタイルは流行遅れだから、ウェストを絞《しぼ》って、裳裾《もすそ》をうんと長くすると素敵よ」

結婚式を三ヶ月後に控えたチェルシーは、その日、バーナードの妹のエリザベスを招いていた。

二人は応接室のテーブルに、女性ファッション誌を何冊も広げて、あれこれとウェディングドレスのデザインを吟味《ぎんみ》していた。

「でも、なんだか派手すぎて気が引けます」

控え目なチェルシーに、エリザベスが鼻の穴を膨らませる。

「なにを言うの。あなたたちは、ウェストミンスターで式を挙げるのよ。王族御用達の寺院での結婚式を許可されたなんて、これはもうロンドン、いえ英国一の豪華な結婚式にしなければいけないわ！」

まるで自分の結婚式のように張り切っているエリザベスに、チェルシーは苦笑する。

そこへスティーヴがお茶を運んできたので、二人は一服することにした。

「ああそう言えば――メアリー・アン公爵夫人って、ご存知？　お母様が親しくしておられたとか――」

突然エリザベスの口からメアリー・アンの名前が出てきたので、チェルシーは目を丸くした。

「ええ――何度かお会いしたことは、あります」

「あの方、あちこちのお屋敷のパーティーに出かけては、独身男性に誰彼かまわず秋波《しゅうは》を送っているって、有名なのよ。けっこうな美人らしくて、彼女を巡って二人の男が決闘騒ぎまで起こしたとか――社交界では、彼女は鼻つまみ者として問題になってるらしいわ」

「そんなことが……」

あの美麗な女性がそのような不品行なことをしているとは、にわかに信じられなかった。

「なんでも、公爵家の財産を使い果たしてしまい、お金に困っていて、財産のある男性と再婚したいらしいの。ね、あなたも気をつけてね。まだ、兄は独身なんですから」

チェルシーは余裕の笑みを浮かべた。

「バーナードは、だいじょうぶよ。私、信じているもの」

エリザベスが当てられたように頬を染める。

「そうね、あなたたちほどお熱いカップルはいないもの。ほんと、うらやましいわ」

チェルシーはにっこりして、紅茶を啜《すす》った。


夕方、エリザベスが辞去するのと入れ違いに、バーナードが帰宅してきた。

「お帰りなさい、バーナード」

玄関ロビーに迎えに出たチェルシーの頬に、軽く口づけしたバーナードは、上着の内ポケットから四角い封筒を取り出した。

「ちょうど帰宅する馬車の前を、郵便配達夫が歩いていたので、郵便物を受け取ってきた――で」

彼は封筒をチェルシーに手渡した。

「ロンドン美術協会から、君宛だ」

「私に？」

チェルシーは受け取り、封蝋を切って中の手紙を読んだ。

「――貴女の作品が特大賞に決定しました……？　――っ、これっ？」

驚きのあまり、手紙をぎゅっと握り潰してしまった。

バーナードがうなずいた。

「おめでとう。君の絵が、美術展の大賞に選ばれたんだ」

チェルシーは首を振る。

「だって……私、応募していないわ……」

確かに、絵は完成させていたが、婚約やら結婚式の準備やら、日々あまりにめまぐるしいことが続き、すっかり応募するのを忘れ果てていたのだ。

「そんなことだろうと思った。代わりに私が応募しておいたんだ」

バーナードが悪戯《いたずら》っぽく片目を瞑《つぶ》ってみせた。

「君の絵をひと目見て、これは傑作だと私は確信したんだ。私の絵を見る目は、確かだ。応募しない手はあるまい?」

チェルシーは、意表をつかれるやら嬉しいやらで、思わずバーナードの胸元を拳でぽかぽか叩いた。

「ひどいわ、黙っているなんて」

「結果が出てから驚かそうと思ってね」

「本当に、驚いたわ」

それから、チェルシーは握りしめた手紙をそっと広げ、何度も文面を読み返す。

「ああ——子どもの頃からの夢だったの。信じられないわ……ありがとう、バーナード。私のこと、なんでもお見通しなのね！　大好きよ！」

チェルシーはぎゅっとバーナードの首に抱き付いた。

バーナードが、優しく背中を撫《な》でてくれる。

ふとチェルシーは、大事なことを思い出し、腕を解《ほど》くとバーナードに言った。

「まだ晩餐《ばんさん》まで時間があるから、私、手紙を書きたいの。書斎に行っていいかしら」

ずっと絵を描くことを援助してくれた「のっぽのおじ様」に、この朗報を一刻も早く伝えたかったのだ。

「いいとも」

バーナードが心良くうなずいてくれたので、チェルシーは書斎へ向かおうとした。その背中に、バーナードは思い出したように声をかけた。

「ああそうだチェルシー。ブライトン郵便局は、今建て直しで閉鎖中だから、郵便物は送れないよ」

「まあそうなの、困ったわ」

それでは「のっぽのおじ様」に手紙が送れない。

せっかく彼を喜ばせようと思ったのに——と、チェルシーはため息をついた。

その瞬間、チェルシーははっと頭に閃《ひらめ》くものがあった。

くるりと振り返る。

バーナードはシルクハットとステッキをスティーヴに渡し、ネクタイを緩めながら私室に向かおうとしていた。

その後を、チェルシーは追いかけた。

部屋の扉を開けようとしてるバーナードの上着の裾を、むんずと摑んだ。

「ま、待って！」

バーナードは驚いたように振り返った。

「どうした？　血相変えて」

チェルシーは強い目で彼を見据《みす》えた。

「なぜ、ブライトン局だと、知っているの？」

「え？」

バーナードが狼狽《うろた》えたように目をしばたたいた。

チェルシーはじっと彼の顔を睨む。

「私が、ブライトン局止めで、手紙を書いていることを、知っていたの？」

バーナードは表情を固めたまま、答えない。

「のっぽのおじ様」への手紙は、いつも自分で郵便局に出しに行っていた。もしかしたら、彼は自分の書いた手紙をこっそり開封して読んでいたのか？　そのようなことをする人とは思えない。だが、彼は手紙のことを知っていた。

チェルシーが一歩も引かない顔つきをしていると、ふいにバーナードがため息をついた。

「わかった――」

彼は降参したように、両手を広げて肩をすくめた。

「正直に告白しよう。おいで――」

バーナードはチェルシーの腕を取り、大広間を抜け、ロングギャラリーへ続く狭い廊下に出た。そのまま脇の狭い階段を上がっていく。

(屋根裏部屋に?)

チェルシーの胸が疑心暗鬼でざわつく。

薄暗い屋根裏部屋の物置きの家具の間を縫うように進み、突き当たりまできた。

そこに、小さい扉があった。

バーナードは無言でその扉を開け、チェルシーを招き入れた。

「お入り、狭いから足元に気をつけて」

こんなところに、隠し部屋があったのか。

チェルシーは恐る恐る部屋に踏み入った。

天窓のあるごく狭い部屋だ。中は薄暗くよく見えない。

バーナードがそこの机に置いてあったランプに、マッチで火を点《とも》した。

ぽうっと部屋の中が明るくなった。

「あっ……」

チェルシーは目に飛び込んできた光景に、呆然《ぼうぜん》として声を呑んだ。

狭い部屋の壁一面に、小さな額縁に入った絵が幾枚も飾られていた。

子どもが描いたような鉛筆画から、本格的な油絵まで――。

「こ、これ――私が「のっぽのおじ様」にお送りした絵だわ！」

「その通りだ――そして、これを――」

バーナードが机の引き出しから、革張り書類入れを取り出して、差し出す。

震える手で受け取り、書類入れを開いて捲《めく》る。

『けいあいなるのっぽのおじさま　このたびは、えをべんきょうさせてくださり、ありがとうございます。』

『親愛なるのっぽのおじさま　実は大事な報告があります。　私――結婚します。』

『親愛なるのっぽのおじ様　侯爵家に来て半年以上過ぎました。』

『親愛なるのっぽのおじ様――』

チェルシーが毎週のように送っていた、のっぽのおじ様への手紙が、一枚一枚大事に保管されていた。

捲《めく》っているうちに、鼓動が速くなり胸にこみ上げるものがあり、涙がこぼれそうになる。

「これ……あ、あぁ？　なんてこと……！」

チェルシーは潤んだ瞳でバーナードを見上げた。

「あなたが、のっぽのおじ様だったの？」

バーナードが深くうなずく。

「そうだ――初めてセントメリー養護院を訪問したとき、一人で洗面所の掃除をさせられて、べそをかいていた小さな少女に出会った」

彼はあの時のことを思い出すように、遠い目になる。

「少女が鏡に描いていた絵はとても素晴らしく、私の心を打った。声をかけて、振り向いた少女を見て、天から天使が舞い降りたのかと思った。私はひと目で虜になってしまったんだ。私はその頃、メアリー・アンに弄《もてあそ》ばれ、傷心を抱えていた。女性になど、もう二度と惑わされないと思っていた。だが、その少女は私の心を捕らえて離さなかったんだ」

「あの時の――若い紳士が、あなた……」

バーナードは、訥々《とつとつ》と話し始める。

「それからずっと、私は匿名で君の絵の勉強を支援した。君が送ってくれる絵や手紙は、私の心を和《なご》ませ暖かくした――私は毎年、こっそりと成長した君の姿を、覗きに行っていたんだ。年ごとに美しく健《すこ》やかに成長する君の姿に、私はいつしか――」

バーナードはかすかに目の縁を染めた。

「恋をしていた――いつかきっと、この少女を迎えに行こうと心に決め、仕事に励んだんだ。この部屋で、君からもらう手紙や絵を読んだり眺めたりすると、どんなに疲れていても生きる力が湧いてきた――実はね、美しく成長した君を引き取りたいという養子の話は、降るほどきていたんだが、私が密かに手を回して、ことごとく潰してしまったんだ」

「ま……あ！」

チェルシーは、自分の引き取り手がまったく現れないことを、自分のせいにしていたが、そういうわけだったのか。

「ひどいわ……私は自分の容姿が変わっているせいだって、随分《ずいぶん》と悩んだのに」

「それはすまないと思っている。でも、恋に囚われた男が、どれほどエゴイストになるか、わかるまい」

バーナードが気まずそうに微笑んだ。

「君が大人になるまで、ずっと待っていたんだ。折よくというか、養護院の経営危機もあって、私は満を持して君を引き取ったんだ」

「十年も——私を見守ってくれていたの……」

養護院では、自分の不遇を嘆いていたのに、ずっとバーナードの大きな愛に守られていたなんて——。

胸一杯に溢れる喜びと感謝と共に、チェルシーにはひとつ疑問が浮かんだ。

「どうして、このお屋敷に初めて来た時に、このことを打ち明けてくれなかったの？　私、ずっと「のっぽのおじ様」のことを敬愛していたのよ」

バーナードが、ふいに拗《す》ねたような表情になる。

「それは――再会した時、君が私に気がついてくれなかったからだ。あの洗面所ののっぽの紳士が私だと気がついてくれれば、その場で打ち明けたのに――」

「ま――」

チェルシーは声を失った。

それで、最初に屋敷で会った時、妙に不機嫌だったのか。

あの時の洗面所では、チェルシーは畏《おそ》れ多くて相手の顔をまったく見ていなかった。それに、もし見ていても、八歳の少女が十年も大人の彼の面影を覚えていられるとは思えなかった。

チェルシーは思わずぷっと噴き出した。

「な、なにがおかしい？」

バーナードが戸惑う。

「ふ、ふふ……あなたって、私が思っている以上にロマンチックな人なのね。感動の再会を台無しにして、ごめんなさい――でも、それでも打ち明けてくれれば、私はきっと思い出したのに」

バーナードがむっとした声を出す。

「そんな卑怯《ひきょう》なことはできない。後出しのように打ち明ければ、律儀《りちぎ》な君はきっと感謝と義務感から私を好きにならねばならない、と無理矢理でも思うだろう。そんなのはごめんだ。今の私自身を、そのまま愛してもらうことが、大事だったんだ」

チェルシーはもう気持ちが抑え切れず、書類入れを机の上に置くと、照れくさそうにそっぽを向いているバーナードにそっと抱き付いた。

身体中から、彼への愛情が溢《あふ》れそうだ。

「馬鹿ね……私だって、ずっとあなたを愛していたわ」

「チェルシー――」

チェルシーは、ドレスの胸元から、肌身離さず持ち歩いているピルケースを取り出し、そっと蓋を開く。

「これ――初めて出会ったあなたから頂いたマッチのラベル。ずっと大事に持っているの。だって、私の初恋の人がくれたものですもの。私、ずっとずっと、「のっぽのおじ様」に恋していたのよ」

バーナードが頬を染めて顔を向けた。

「幸せの青い鳥――」

「そうよ、あなたこそが、私の青い鳥だわ」

「私のチェリー」

バーナードがぎゅっとチェルシーの身体を掻き抱いた。

チェルシーも強く抱き返す。

「ありがとう、バーナード。ずっとずっと陰日向《かげひなた》で、私を見守って愛して、導いてくれて。私、世界一幸せです」

「チェルシー」

バーナードが抑えていた感情を噴き出すように、熱い口づけを何度も仕掛けてきた。

「ん、ふ……んぅ」

チェルシーも応じるように舌を絡め、夢中になって吸い上げた。

互いの愛情を伝え合うように、蕩《とろ》けるような深い口づけを繰り返す。

やがて淫《みだ》らな情欲に煽《あお》られ、二人は抱き合ったまま崩れるように床に倒れ込む。

「は……あぁ、あ、好き……バーナード」

息を弾ませ、彼の髪をくしゃくしゃにして頭を抱きしめる。

「チェルシー——私のチェリー」

バーナードは性急に彼女のドレスの釦《ぼたん》を外し、コルセット緩め、まろび出た乳房に吸い付いた。

「あぁっ」

滑らかな肌に紅い淫らな跡が点々と散るほど強く吸い上げられ、全身が甘く痺《しび》れた。

興奮に尖った乳首に歯を立てられると、子宮がきゅううっと収縮するようにくるおしく疼《うず》いた。とろりと愛蜜《あいみつ》が溢れ、股間を濡らす。媚肉《びにく》がせわしなく蠢《うごめ》き、一刻も早く満たして欲しくて、チェルシーを責め立てる。

「はぁ、あ、ああ、バーナード、もう……早く……」

チェルシーが淫らに腰をくねらせると、バーナードの下腹部も硬く張りつめているのを感じた。

「なんて淫らなんだ。まだろくに触れてもいないのに――」

バーナードの声も欲望に掠《かす》れている。

「だって――あなたがこんな私にしたんだわ……はしたない私に……」

チェルシーは全身を薄桃色に染め、自らスカートを大きく捲り上げ両膝を大きく開き、誘うように下腹部を押し付ける。

「こんな私、いやですか？」

熱っぽい眼差しで見上げると、バーナードも野獣めいた視線を返す。

「とんでもない」

彼の方もズボン越しに屹立《きつりつ》を擦り付けてくる。

「あ、や……当たる……あぁん」

下着越しに秘玉《ひぎょく》や花唇《かしん》が擦れ、チェルシーはその心地好さに、はしたなく腰を蠢かすことがやめられない。誘っているのか、誘われているのかわからぬまま、腰を振り立てる。

絹のドロワーズがすっかりびしょびしょになってしまう。

「ふ――ほんとうにいやらしくて、可愛い」

彼女の動きに合わせて腰を擦り立てていたバーナードは、我慢し切れなくなったのか、性急に自分のズボンと下履きを引き下ろした。そして、チェルシーのドロワーズもずり下げる。ぷんと愛液の甘酸《あまず》っぱい妖しい匂いが、部屋に満ちた。

熱い期待に、それだけで隘路《あいろ》が痛いほど疼いた。

「もう挿《い》入れてしまうよ、いいかい?」

「ああ……あなたで満たして――早く」

チェルシーが彼の背中に腕を回し、両膝を大きく開くと、腰を突き出した。

バーナードが彼女の腰を抱え、濡れ果てた蜜口に硬い屹立をあてがった。そして、そのままずぶりと貫いてくる。

「あっ、ぁん、熱い……っ」

チェルシーは背中を仰け反らして、ひくひくと喘《あえ》いだ。硬い亀頭が最奥に届くと、瞬時に達してしまったのだ。

「もう達ってしまったのか?」

バーナードが愉しげな声を出し、ゆっくりと抽送を開始する。

「はぁ、あ、はぁあっ」

ずちゅずちゅと、淫らな水音を響かせて深く穿《うが》たれるたび、脳芯まで喜悦で真っ白に染まり、はしたない嬌声《きょうせい》を上げてしまう。

「あぁ、すごい……あぁ、感じるわ……バーナード、あなたを感じる……っ」

「すごい――とろとろだ――灼《や》け付きそうに熱いね」

バーナードは息を凝《こ》らし、彼女の感じやすい部分を狙って抉《えぐ》り込んでくる。

「んぁ、あ、はぁ、いい……あぁ、いい、気持ちいい、バーナードっ」

チェルシーはすらりとした両足をバーナードの腰に絡め、さらに密着度を深めようとする。そして、彼の腰の動きに合わせ、自らも粘膜を擦り合わせ、快感をより深めていく。

「私もだ――君の中は、最高だ――」

艶《なまめ》かしい低い声でささやかれ、その声にすら甘く感じてしまう。

身体中が熱く滾《たぎ》り、バーナードを求めている。

彼のすべてを受け入れ、彼の身体の隅々まで喰らい尽くしたいような激しい欲望に追い立てられ、チェルシーの媚壁《びへき》は力強く奥へ奥へと男根を引き込もうとした。

「く――これはひとたまりもない――一度、ゆくよ」

「んん、来て、あぁ、来て……っ」

深い愉悦が再び迫り上り、チェルシーは全身で強くいきんだ。どくんと脈動がひと回り膨れ上がった。

「っ――チェリーっ、出すぞっ」

バーナードが低く唸《うな》り、ずくずくと速いスピードで腰を穿ったかと思うと、ぶるっと大きく戦慄《わなな》いた。

「あぁ、あああぁっ、あぁっっ」

同時に達した二人は、身体を硬直させ、煌《きら》めく愉悦の頂《いただき》に飛んだ。

「んん、ん、はぁ、は、はぁああ」

どくんどくんと最奥で熱い飛沫《ひまつ》が弾け飛ぶ。

この一瞬。

愛するバーナードと一体となって絶頂を極める幸福。

世界は二人だけのものになる。

「……愛してるわ……」

「私もだ——可愛いチェリー」

二人はぴったり繋がったまま、そっと口づけを交わす。

ゆっくりと快感の波が引くのに身を任せ、幸せの余韻を噛み締めるのだった。

エピローグ

雲ひとつなく晴れ上がった初秋のその日。

ウェストミンスター寺院で、バーナードとチェルシーの結婚式が厳《おごそ》かに、かつ華々しく執《と》り行われた。

バーナードは純白のタキシードに胸に深紅の薔薇《ばら》を飾り、惚《ほ》れ惚《ぼ》れするほど美麗で格好がいい。

片やチェルシーは、幾重にもレースを重ねた長い裳裾《もすそ》の純白のウェディングドレスに身を包み、初々《ういうい》しくも華やかな花嫁姿だ。自慢の漆黒《しっこく》の髪を流れるように背中に梳《す》き流し、花嫁の幸せを願う象徴のオレンジの花の髪飾りを挿《さ》している。

招かれた大勢の賓客《ひんきゃく》たちは、輝くように美しいチェルシーの姿に魅了された。

祭壇の前に跪《ひざまず》き、神父の厳かな説教を聞きながら、チェルシーはまだ夢見心地だった。

誓いの言葉を述べ、結婚指輪の交換をした時もぼうっとして、これが現実のことだとは信じられない思いだった。

彼女は心の中で、「のっぽのおじ様」への文面をそっと綴《つづ》っていた。


（親愛なるのっぽのおじ様。

私、今日バーナードと結婚式を挙げました。沢山の人々に祝福され、こんなに感動した日はありませんでした。

これから、バーナードの妻として、生涯彼と共に生きていきます。

辛いことも苦しいこともあるでしょう。

でも、私には守ってくれるバーナードがいます。

そして、いつでも見守ってくれるあなた、おじ様がいました）

「では、誓いの口づけを」

神父の言葉に、バーナードがそっとチェルシーの顔を覆《おお》っていたヴェールを持ち上げる。

にわかに視界が明るくなり、目の前に端整なバーナードの顔があった。


「愛しているよ、私のチェリー」

バーナードが柔和《にゅうわ》に微笑んだ。


（もう、おじ様に手紙を書くことはないでしょう。さようなら、おじ様。そして、ありがとう、バーナード）

チェルシーは感情を込めて口にする。

「愛しています、バーナード。心から――」

あとがき

皆さんこんにちは、すずね凜です。

今回のお話は、年上おじ様ものです。

ヒーローはダンディで包容力があって、でもほんとうは純真で一途なところもあって、とても人間味に溢れています。

ヒロインは最初は自分に自信が持てず、身分違いの結婚に戸惑いますが、持ち前の前向きな努力で、どんどん綺麗になっていきます。

突然ですが、私、最近某局の朝ドラにハマっていまして、そこに出てくる健気で前向きなヒロインたちが、大好きなのです。

次々にヒロインに降り掛かる困難を、明るく立ち向かっていく姿。いいですねー。

で、自分の書くヒロインたちにも、そういう芯の強さが与えられたらいいなぁ、と思ってます。私のお話は、基本ハッピーエンドなのですが、その幸せな結末というのは、ただヒロインがぼーっとしていれば、スーパーヒーローがなんでもかんでも与えてお膳立てしてくれる、では得られないと思うのです。

男女の幸せは、やっぱりお互いが与え合い支え合い、形作っていくものだと思います。

これからも、そういう前向きなハッピーを描いていきたいです。

イラストを描いてくれた鳩屋先生、バーナードが格好よすぎてくらくらしました。チェルシーもほんとうに可憐で、もう最高のカップルです。ありがとうございます。

いつも親身にアドバイスをくださる編集さんにも、感謝です。

そして、この本を手に取ってくださった読者の方々に、最上級のお礼を申し上げます。

いつも応援してくださる方々にも、感謝いたします。

これからもよろしくお願いします！

おじさま侯爵の甘いチェリー

Vanilla文庫

2016年5月20日　第1刷発行　定価はカバーに表示してあります

著　者　すずね凜　©RIN SUZUNE 2016
装　画　鳩屋ユカリ
発行人　立山昭彦
発行所　株式会社ハーパーコリンズ・ジャパン
東京都千代田区外神田3-16-8
電話　03-5295-8091（営業）
0570-008091（読者サービス係）
印刷・製本　大日本印刷株式会社

Printed in Japan ©K.K. HarperCollins Japan 2016 ISBN978-4-596-74510-1

※この作品はフィクションであり、実在の人物・団体・事件等とは関係ありません。

Vanilla文庫

ドルチェな快感♥とろける乙女ノベル

秘蜜の甘い快感、召し上がれ♥

乙女ドルチェ・コミックス

既刊大好評発売中♥

定価：本体630円＋税

「惑溺
～王子様と恋の駆け引き～」
天点
原作：芹名りせ

アンネリーゼは、王女に兄王子・ヴィルフリートを誘惑するよう頼まれる。恋愛経験豊富と思われているアンネリーゼは断れず、ヴィルに近づくが――⁉

「鳥籠オークション
～仮面紳士の束縛×愛～」
暁 夜響
原作：上主沙夜

伯爵家令嬢レイチェルは死んだはずの恋人・ギデオンに借金返済分の夜の奉仕生活を強要され⁉　時折見せる昔の優しい彼の姿に揺れるレイチェルだが…。

「契約花嫁
～王太子の甘い罠～」
高橋依摘
原作：麻生ミカリ

恋人がいる姉の代わりにロイ王太子の花嫁となったリヴェット。完璧な王子に毎夜、甘く愛されながらもリヴェットは姉の身代わりだという気持がぬぐえず……。

「王太子殿下の秘やかな遊戯」
相澤みさを
原作：柚佐くりる

偶然、王太子ラウルの秘密を知ってしまったアリエッタは、脅され玩具になることに。「おまえは俺のものだ」意地悪…なのに触れる指先は甘くやさしくて⁉

「甘く淫らなハネムーン」
石丸博子
原作：すずね 凜

幸せいっぱいのハネムーン中、革命に巻き込まれてしまったロレインと伯爵のグリフィス。君を守ると愛を囁くグリフィスの言葉に…。

「花嫁はシンデレラ」
春野さく
原作：水島 忍

路上でさまよっていたエリンを侯爵のカイルが助ける。エリンに婚約者のフリを頼むカイルだが、彼女に惹かれ、巧みな愛撫で純潔を奪って⁉

5月 発売予定　「幻惑愛～失われた蜜夜～」　藤井サクヤ　原作：白石まと

原稿大募集

ヴァニラ文庫では乙女のための官能ロマンス小説を募集しております。
優秀な作品は当社より文庫として刊行いたします。
また、将来性のある方には編集者が担当につき、個別に指導いたします。

◆募集作品

男女の性描写のあるオリジナルロマンス小説（二次創作は不可）。
商業未発表であれば、同人誌・Web 上で発表済みの作品でも応募可能です。

◆応募資格

年齢性別プロアマ問いません。

◆応募要項

・パソコンもしくはワープロ機器を使用した原稿に限ります。
・原稿は A4 判の用紙を横にして、縦書きで 40 字 ×34 行で 110 枚 ~130 枚。
・用紙の 1 枚目に以下の項目を記入してください。

①作品名（ふりがな）/②作家名（ふりがな）/③本名（ふりがな）/
④年齢職業 /⑤連絡先（郵便番号・住所・電話番号）/⑥メールアドレス /
⑦略歴（他紙応募歴等）/⑧サイト URL（なければ省略）

・用紙の 2 枚目に 800 字程度のあらすじを付けてください。
・プリントアウトした作品原稿には必ず通し番号を入れ、右上をクリップなどで綴じてください。

注意事項

・お送りいただいた原稿は返却いたしません。あらかじめご了承ください。
・応募方法は必ず印刷されたものをお送りください。CD-R などのデータのみの応募はお断りいたします。
・採用された方のみ担当者よりご連絡いたします。選考経過・審査結果についてのお問い合わせには応じられませんのでご了承ください。

◆応募先

〒101-0021　東京都千代田区外神田 3-16-8　秋葉原三和東洋ビル
株式会社ハーパーコリンズ・ジャパン　「ヴァニラ文庫作品募集」係